CUIDADO CON EL HOMBRE

Sebastián Alonso Barreto Puente

EDIQUID

CUIDADO CON EL HOMBRE

Editado por: Corporación Ígneo, S.A.C.
para su sello editorial Ediquid
José Olaya 169, Ofic. 504, Miraflores. Lima, Perú
Primera edición, febrero, 2025

ISBN: 978-612-5184-35-1

Hecho el Depósito Legal en la Biblioteca Nacional del Perú N° 2025-00457

www.grupoigneo.com
Correo electrónico: contacto@grupoigneo.com | Teléfono: +51 955 071 270
Facebook: Grupo Ígneo | X: @editorialigneo | Instagram: @grupoigneo

Colección: Nuevas Voces

Contenido

I. LA PERLA DE LOS ANDES

It's a heartache
Nothing but a heartache
Hits you when it's too late
Hits you when you're down
It's a fool's game
Nothing but a fool's game
Standing in the cold rain
Feeling like a clown
It's a heartache
Nothing but a heartache
Love her 'til your arms break
Then she lets you down

Y esa canción seguía sonando en la radio mientras conducía este vehículo antiguo de mierda. La carretera estaba vacía y el aire se sentía tan puro. Al menos eso me relajaba en tanto miraba las ovejas caminar en los campos junto con los campesinos. Ah, también había vacas y algunas vicuñas.

... fue uno de los éxitos más grandes de Rod Stewart, una leyenda de los años ochenta. Una de sus canciones que no debe morir jamás. En serio, es lamentable cómo nuestros hijos de ahora no pueden reconocer lo que fue la buena... decía el locutor de la radio, menospreciando los gustos de la nueva generación.

De repente, el programa se detuvo y no era porque el sol se estaba alejando. Lo que sucedía era que ya no estaba en la gran ciudad de Lima. Podía sentir cada vez más la sierra.

Ya van como dos horas que sigo manejando. No era como recorrer las carreteras de California. Ahora solo quiero fumar un buen cigarro. No se imaginan cuánto deseo una lata de cerveza en mi mano derecha. Supongo que ya es momento de decirlo: *Bienvenida a Tarma, cariño...* otra vez... otra vez.

¿Por casualidad, se han enamorado de una forma tan profunda que desearon estar con esa persona hasta los últimos momentos de sus vidas? ¿Quisieron dejarlo todo por amor? ¿Anhelaron envejecer con alguien a su lado? Yo sí. Se siente tan bien sentir mariposas en el estómago. Y no tenía una vida cualquiera como la tuya... No te ofendas. No pretendo ser una mujer grosera. Solo quiero contarte que antes he tenido una vida muy envidiable, una que quizás habrás soñado alguna vez, pero que nunca tendrás. Descuida, soñar es gratis y no hace daño.

Discúlpame de nuevo... Lo que pasa es que me siento algo molesta, aún no llego a mi destino, mi cigarrillo se está terminando y, para colmo, es el único que me quedaba. Yo no soy una mala persona. No me odies, por favor. En serio, necesito sentir algo de alcohol en mi lengua.

En mi camino, puedo ver unas tumbas al lado de la pista, pero no quiero detener el coche para leer el nombre de los difuntos. No es una buena idea. Aún recuerdo con exactitud los testimonios de actividad paranormal que vivieron los camioneros en las pistas de la sierra. Fantasmas que los agarraban del cuello exigiéndoles que los ayudaran con quién sabe qué, y cosas así que nos contaban en el colegio. Sí que daba miedo de tan solo escucharlos.

Ahora desacelero un poco y freno en medio de la tierra. Por fin había llegado a mi destino. No estaba contenta con lo que veía, pero era lo que había. Era lo que me quedaba, una vieja casa, solitaria y muy descuidada, en medio del puro campo. Sin embargo, no recuerdo que fuera tan grande. A su alrededor, había casas y chacras vacías con algo de ichu. Un barrio en total descuido y abandono.

Este clima… El frío de los Andes es demasiado fuerte y único. El abrigo que llevo puesto no me ayuda a combatirlo mucho. No está hecho del material necesario. En estos momentos, deseo un abrigo hecho con pura lana de alpaca. Ahora sí que me costaría un ojo de la cara porque ya no puedo darme esos lujos. ¿Qué ha sucedido? Se supone que es verano y, en Lima, las playas estaban aglomeradas.

La puerta era tan vetusta como la casa. ¿Funcionará esta vieja llave con llavero de Hello Kitty que compré en un Walmart…? Oh, funcionó. Qué sorpresa… Será mejor entrar, ya que aquí afuera el frío comienza a empeorar… O acaso será mejor irme y buscar otro lugar. Parece que va a querer llover. Tengo mucho que desempacar. Bueno, no mucho en realidad.

Entro y encuentro que la casa no estaba tan sucia. Sucede que todos los muebles eran muy antiguos, igual que el teléfono que estaba en una mesilla… Está muerta… La línea, claro. La pintura de la pared estaba muy descascarada y las cortinas habían perdido su color. Por su olor, tenían como décadas de no haber sido lavadas. Y esto solo es un poco de lo que podría encontrar aquí adentro.

Los interruptores no funcionan. Eso no me sorprende. Es más, algunas lámparas no tienen focos. Sin embargo, aún hay luz debido al sol.

Tal vez si mi madre hubiera estado aquí presente, este lugar se vería más… decente… Bueno, algo decente. Es como la casa de un asesino sádico ubicada en algún lugar perdido de Texas.

Esperen, no todo está tan viejo y descuidado. Este es el tocadiscos de mi padre. Tan *vintage* o retro. Trabajó muy duro para comprarlo. Era la última edición en aquel entonces. Me pregunto si aún funcionará.

Hay mucho silencio aquí adentro. Es todo tan triste y neutro. Quizás un poco de música alegre el ambiente. Debajo del tocadiscos había un estante y empiezo a buscar. Sigo buscando.

Había vinilos de El Puma, Héctor Lavoe, Jeanette... Canciones que los niños de ahora nunca comprenderán ni adorarán. El locutor de la radio tenía razón. Ah, un álbum de Los Beatles. Ahí se ven a los cuatro hombres delgados cruzando una pista. Mis padres amaban estas canciones, aunque no entendían ni un carajo de lo que decían. Tan solo se apreciaban las voces y el ritmo. Podría vender esto a un buen precio por la internet… ¡Aquí estaba! Este es el álbum… Mari Trini, *A mi aire*. Este fue un regalo de Rocío para mi madre. *Mis mejores deseos para ti. Más que una amiga, una hermana de por vida*, decía a la espalda del álbum.

«No sabes cuánto extraño oírte cantar, madre. Tenías una voz tan hermosa como la de Mari Trini —me decía al abrazar el disco de vinilo—. Yo debí llevarme este álbum conmigo. Este disco me hace recordar tu hermosa voz. En serio, madre, qué lindo era escucharte cantar, sobre todo cuando era la hora de dormir».

En una pequeña mesa encontré recortes de periódicos. Todos estos sobre temas políticos. Me pongo a leer uno.

> Diario *Lima 25*, 20 de julio de 2020:
>
> ¡ATRAPADO!
> *Después de su fallido intento de golpe de estado, el presidente de la nación intentó escapar hacia la embajada de México luego de solicitar asilo. Sin embargo, fue intervenido por la policía nacional durante su trayectoria.*
> *Aún se desconoce el paradero de su esposa y sus dos hijos.*

Para ser un primer piso, hay muchas habitaciones. Cuando era muy pequeña, me gustaba correr bastante por toda la casa y mi madre me lo permitía, pues muchas veces no quería que lo hiciera en el campo con las llamas. Me decía que ahí afuera había pishtacos con cuchillos en sus manos ensangrentadas, buscando piel humana y joven. Y yo, tan inocente, me dejaba vencer por el miedo. Qué tonta era.

Recuerdo que a veces me golpeaba con la correa por desobedecer. No, no era abuso infantil. En ese entonces era común golpear a los hijos para corregirlos. Recuerden que alguien dijo que «la letra con sangre entra». En estos tiempos, si intentas corregir a tus hijos golpeándolos con la correa, es muy probable que vayas a prisión.

Los estantes estaban llenos de muchos libros enormes; eran enciclopedias y diccionarios. Ah, pero no eran diccionarios cualesquiera. Estos contenían la definición de una palabra, la historia de su origen y más. Recuerdo muy bien que tenía como tarea escribir una nota sobre la pólvora y en esta enciclopedia, que pesaba como veinte kilos, estaba la historia completa de su descubrimiento... Mi padre me enseñó a usarlos. Fue algo difícil al inicio buscar las palabras, pero al final lo hice. Me sentía toda una experta. Apuesto a que un niño de hoy le explotaría la cabeza si intenta buscar una palabra en estas cosas pesadas. Para ellos todo les es fácil en un dispositivo móvil gracias a la inteligencia artificial.

Veo muchas cajas viejas y con algo de polvo. No tenían nada interesante adentro. Ahora veo otros recortes de periódicos pegados en una parte de la pared.

Diario *El Campesino Honrado*, 22 de julio de 2020:

Hermanos compatriotas serranos, el hombre que prometió ayudarnos a combatir la pobreza extrema en los campos andinos más alejados y olvidados del Perú nos mintió otra vez. Nuestro presidente, ahora encarcelado, no cumplió nada de lo que prometió. Nuestros pueblos nunca llegaron a tener agua potable, nuestros pequeños hijos mueren de frío y desnutrición, nuestras familias aún no tienen hospitales estatales cerca de sus casas. Recorren horas de trayecto y se dan con la sorpresa de que el hospital se encuentra cerrado y abandonado.

¡Le dimos nuestra confianza, toda! Le dimos nuestro voto y ¿en qué terminó todo este año que gobernó el país peruano? ¡Los pobres se hicieron más pobres!
Convocamos la marcha para dirigirnos a la cárcel en donde se encuentra prisionero nuestro hermano y exigirle al gobierno que lo retire para que su propio pueblo lo castigue con azotes por ¡mentiroso! Queremos que grite de dolor mientras limpia su sangre.
Recuerden, hermanos míos, el verdadero Perú se mancha las manos con sangre haciendo justicia con sus propias manos.

Política y más política. Papeles muy amarillentos, pero que aún puedo leer.

Diario *El Campesino Honrado*, 15 de septiembre de 2018:

El suicidio del expresidente, apodado el presidente de los blancos ricos, aún sigue siendo un misterio. ¡Puras cojudeces! Aquel hombre que nos robó mensualmente para enriquecer más a los ricos blanquitos de Lima aún sigue haciendo de las suyas. Esa rata gorda de familia privilegiada está con vida en alguna parte de Europa. Ahora sus familiares gozan de una pensión millonaria. ¿Y de dónde sale todo ese dinero? Pues de nuestros impuestos. Impuestos que pagamos con ¡mucho esfuerzo!
Que no nos sigan tratando como idiotas descerebrados. Que no piensen que solo sabemos cuidar y cosechar en chacras. ¡Da la cara, maldito cobarde, y paga por tus crímenes!

Continúo revisando cada habitación con cuidado. No es que tuviera miedo, solo que no me siento muy segura. Lo que me dejó en *shock* fue el intenso aroma a sangre que tenía la cocina. El fregadero parecía no haber sido limpiado en años.

Había restos de animales en los topes. Eran sus cabezas. El aroma era tan nauseabundo que tuve que ir corriendo al baño a vomitar. Al menos eso no estaba tan sucio.

Pero cuando me sentí algo mejor y quise enjuagarme la boca, me desconcierto al ver que el espejo estaba roto. Era como si alguien se hubiera golpeado la cabeza contra él. Veo con más atención el suelo y resulta que había manchas de sangre. Abrí el caño, pero no salía agua. Y como empezaba a oscurecer, decido encender la luz. Pero ¿qué creen? Tampoco había luz. Lo había olvidado. ¡Qué cagada! Uso la linterna de mi celular.

—¡¿Quién anda ahí?! —pregunté, apuntando con la linterna hacia la sala.

Solo era una rata huyendo de mí. Una rata bonita como las que ves en el metro de Nueva York. En serio, las ratas son bonitas; incluso, una vez traté de meter una en mi bolso en la estación 28 Street.

¿Estaré en verdad sola? ¿Qué hay con esta puerta? Es que nunca la había visto ahí antes. No se ve tan antigua como las demás... Lo que haya adentro, tendrá que esperar porque está cerrada y no se escucha que haya algo allí.

Decido subir entonces al segundo piso antes de que oscurezca más y más. La habitación de mis padres está cerrada. El pestillo no tiene daño alguno, solo que la puerta estaba cerrada con llave. De todas formas, continué hacia mi habitación caminando despacio, sin hacer ruido... Oh, otra rata... y con algo de cuidado, porque había trampa para osos.

Llegué a mi habitación. Estoy algo decepcionada. Debería decir: «Ay, mi habitación está tal cual la había dejado», pero ya no hay nada. «Solo una cama con un colchón», me dije a mí misma.

Los cajones estaban todos vacíos. ¡¿Me robaron o qué?! De qué sirve quejarme si ya nada me serviría... del todo. Y la pintura de la pared estaba muy desgastada. La verdad es que esto parece la habitación de una enferma mental de los años veinte. Mi habitación está horrenda. Igual hay que decirlo, hogar dulce hogar. ¿Así es volver a tus raíces?

Desde mi ventana, puedo ver el gallinero, pero no he escuchado a ninguna gallina cacarear hasta ahora. De todas formas, no quiero entrar ahí. Se me pondría la piel de gallina. No tengo lindos recuerdos. El ropero no es muy grande... ¡Carajo! Y lo peor de lo peor es que ¿cómo demonios lavaré mi ropa? Ya me olvidé cómo era lavarla a mano y eso que era una experta de niña... Te extraño, mamá. En la gran ciudad de Nueva York casi nadie sabe lavar su ropa a mano en estos tiempos.

El cielo se está tornando más naranja de lo normal. Más y más naranja. Ahora solo me quedo observando el cielo, que cambia de color. Respiro ese aire con olor a viejo abandonado, esperando con los brazos cruzados hasta que... hasta que la noche se volvió roja por completo.

Escuché que la puerta cerrada se abrió. Salió y lo primero que hago es buscar esconderme debajo de mi cama. Empiezo a sentir algo de miedo y cierro la boca mientras eso pasa a mi alrededor. ¿Se dio cuenta de que entré? Tal vez pudo ver, desde una ventana, mi auto estacionado afuera. Tenía un enorme machete en su mano izquierda, manchada con mucha sangre. En ese momento, me preguntaba a cuántos animales de la granja había matado... No, ese olor a sangre ya lleva mucho tiempo en ese machete.

«Vete, vete. Aléjate, por favor», me dije en mi mente.

Al fin decide abandonar mi habitación, pero al rato escucho aún sus pasos en el primer piso. Lo que más me asusta es que debo recoger las maletas que dejé en el auto. Es decir, solo debo seguir escondiéndome de él para poder sobrevivir.

Después de poner el seguro a mi puerta, me acuesto en mi cama y miro por la ventana otra vez. El cielo rojo. Ese color rojo. Sí, era rojo, como si estuviéramos inundados en un mar de sangre. ¿Es el fin? ¿Debería jalarme los pelos y gritar? Quizás no sea la idea más inteligente que digamos. Olvidé cambiarme de ropa. Si muero ahora, que sea vistiendo esta pijama de color blanco.

A veces, volver a casa puede ser algo incómodo y tenebroso. Gary, eres la mayor mierda que he conocido.

II. LA LLAMA ATAW

—¿Y cómo van esos pasteles de quinua? En media hora ya abrimos —dijo una señora que estaba completando un crucigrama en un periódico.

—Ya casi están listos, mamá. Estoy preparando la cafetera —respondió un niño desde una pequeña cocina ubicada en otra habitación cerrada.

Bienvenidos a la cafetería Barack O'Llama, situada a una cuadra de la Plaza de Armas. Un señor de contextura gruesa deja de revisar su celular y me empieza a observar.

—Vaya, es una hermosa turista. Buenos días, señorita. ¿Qué le puedo ofrecer el día de hoy? Ya casi estará listo todo lo que encontrará en la carta. Hizo bien en venir a primera hora. Le recomiendo los alfajores o queso helado.

—Hola, Otto... Cuánto tiempo... Muy amable de tu parte, pero yo... —le hablé quitándome los lentes de sol. Estaba algo agotada.

—¡Espera!... Tú eres... Oh, concha su... Eres tú. Eres Brigitte... Ha pasado tiempo. Mucho tiempo. Mira cuánto has cambiado. No te reconocí con ese nuevo peinado —me dijo Otto, quien dejó de revisar su celular cuando me vio. Sí que estaba sorprendido.

Su nombre era Otto Ramos, el hermano de Rocío Ramos. Ha subido un poco más de peso desde la última vez que lo vi hace años, muchos años. Creo que es una de las desventajas de ser un amante del *rock* y del metal de los años noventa, y tener la salchipapa como comida favorita.

—¿Quién era quién? ¡No seas escandaloso! Ay, disculpe, señorita. Estaba con las orejas tapadas y tan concentrada en este crucigrama que a veces pierdo atención con lo que me rodea. Lamento informarle que aún no abrimos. Mi hermano se equivocó... Alto... ¿Eres tú, Brigitte? Pero, ese pelo largo y teñido... Oh, Dios mío. —La mujer cubría su boca.

Y ella es Rocío. Su padre fundó la cafetería poco antes de morir.

—Pues... sorpresa —ironicé. O me sentía muy avergonzada o nerviosa. No lo sabía. No soy tan buena con los reencuentros.

Se quedaron mudos por unos segundos. Es como si hubieran visto a una muerta resucitada. De repente, Rocío se acercó a mí y me abrazó. Yo permití que me rodeara con sus brazos. Otto aún seguía en *shock* al verme. Es como si aún creyera que soy un fantasma. No lo culpo.

—Cariño, cuánto tiempo ha pasado. No, esto no es un sueño, ¿verdad? Dime, ¿te encuentras bien? —me preguntó Rocío cuando rozaba mis mejillas con sus suaves manos.

—Sí, yo estoy bien. ¿Cómo están ustedes?

—Eso no importa ahora. No lo podía creer cuando me enteré —dijo Rocío con lágrimas.

—¿Qué cosa? —pregunté.

—Brigitte Ortiz había regresado a Tarma para dar la cara. Me lo hizo saber así Nelly Alvez... que te había visto caminar por la Plaza de Armas.

—Nelly... —pronuncié ese nombre sin emoción.

En aquel parque llegaron muchos recuerdos de mi niñez. No podía esperar más. Desde luego, quería pasar por ese lugar, pero con mis lentes de sol puestos. Como si fuera una turista, para que nadie me reconociera. Aún no estaba lista y hasta pienso que nunca lo estaré... Creo que ya me arrepentí de volver.

—Sí, ella, pero nadie le creyó por obvias razones. Le tuve que dar unos calmantes, como de costumbre, y ¿qué crees? Me los tiró al suelo —enfatizó Rocío.

—Pues esa mujer no ha cambiado mucho. ¿Y dónde está Nelly ahora?

—Mejor ni preguntes eso, Brigitte. ¡Eh, Gregorio, ¿me das un café ahora para la dama, por favor?! ¡Y tú, Otto, deja de mirar a Brigitte con esa cara de huevón y di algo, ¿no?!

—Perdón, pero es que... es que no puedo creer que haya vuelto Brigitte luego de... Bueno, cuéntame, niña, ¿qué tan hermosa es Nueva York?

—Ay, Dios mío, Otto. No es el momento.

—Oye, hago lo mejor que puedo. Además, estaba viviendo en ¡Nueva York!, la mejor ciudad del mundo. La ciudad de las películas y el *¡rock!* —exclamó Otto moviendo los dedos como si estuviera tocando una guitarra.

Su hermana aún lo mira molesta. Entonces sale el niño de la cocina. Nunca lo había visto antes.

—Aquí tiene su café, señorita. *Enjoy it.* —Sirvió con mucha amabilidad.

—Gracias, tesoro. Qué galán y educado eres —le dije.

—No te confundas, mi cielo. Ella no es una turista. Ella nació aquí en Tarma como nosotros. Ella es Brigitte. Es muy bonita, ¿no crees?

—Soy Brigitte Ort...

—¡Brigitte Ortega! Y viene de Nueva York —me interrumpió Rocío—.

Cuando nosotras nos teñimos de rubia, siempre seremos más bonitas. No seremos rubias «legales», pero somos libres de serlo. Le duela a quien le duela. Nueva York es una ciudad libre.

—¿En serio? *Wow.* Es muy bonita. Me llamo Gregorio Ramos. Es un gusto conocerla.

Los Ramos fueron muy amables conmigo, como siempre. Me sirvieron el desayuno y no me quisieron cobrar por el servicio. Gregorio me preguntaba bastantes cosas sobre Nueva York y yo le respondía con mucho gusto. Me sentía muy bien y muy sociable. Qué extraño. Quizás solo estaba agradecida con el destino de seguir con vida.

—Bueno, mi cielo, deja comer un poco a la dama que debe estar con hambre. Ve a la cocina a seguir preparando los postres. Esos pasteles de choclo no se van a hornear solos.

—No pasa nada, señora Ramos. Al contrario, yo...

—No, cariño, llámame solo Rocío. ¿Acaso ya me olvidaste?

Claro que no. Ella me hizo sentir un alivio profundo en mi alma. Era como si Barack O'Llama fuera una especie de refugio que me protegía de un infierno que se escondía afuera.

De repente, mientras les comentaba a Rocío y a Otto sobre lo hermoso que era pasear en el Central Park o Park Avenue, entró un joven con una llama que vestía un lazo rojo en su largo cuello. Se veía algo chistosa, aunque también muy linda. Su lana era del todo blanca.

—Buenos días, ¿qué cuentan? Llegué con el paquete de hoy —dijo el joven.

Al parecer eran los suministros. Los llevaba la llama en el lomo.

—Gracias, tesoro. Ven, te presento a esta bella dama —expresó Rocío.

—Bienvenida a la Perla de los Andes, señorita. Llegó justo a tiempo para otro carnaval tarmeño. ¿Habla español? Me llamo José Antonio. Soy repartidor. Es un pla...

Se había quitado su gorra deportiva para saludarme de forma muy cordial, pero se quedó quieto enseguida. Al parecer, fue el más rápido en reconocerme. Será por mis ojos. En una ocasión me dijo que tenía hermosos ojos.

—¡Ja!, también se quedó helado cuando la reconoció. No te culpo, José —dijo Otto.

—Otto... —reprobó su hermana mayor, un poco molesta.

Era José Antonio. Solíamos ser muy buenos amigos en la secundaria. Éramos muy unidos, como primos. Nos juntábamos en Navidad con su familia. Eran muy lindos recuerdos. Quizás, José pensó que nunca más me volvería a ver... Tal vez, ahora José me odia. Abandonar tu pueblo, sin avisar, puede indignar a muchos. Pero resulta que José soltó el paquete que tenía en sus brazos y me abrazó con todas sus fuerzas. Fue ahí cuando empecé a llorar un poco. Una vez más, pensé que me quedaría sola aquí en la Perla de los Andes. Aún tengo gente que me quiere. El señor Ramos parecía que también quería llorar.

—¿Entonces en Nueva York las universidades son demasiado exigentes? —preguntó José Antonio, muy sorprendido, antes de morder su pan con manjar blanco.

—Sí, aunque a mí no me parecía tanto —le respondí.

—Claro que no, si tú eras la mejor en la secundaria —asintió Rocío al empezar a tomar su taza de café.

—Y siempre celebrábamos tus logros académicos en esta cafetería con tus padres y... —dijo Otto con la boca algo llena de pan.

—¡Eran tan felices cuando llegabas con esas grandes calificaciones! —interrumpió Rocío—. Killari siempre te preparaba postres como premio. Qué bien la pasábamos.

En nuestra mesa, nos quedamos callados por unos segundos mirando nuestras tazas, que aún tenían café y leche. ¿Esa llama solo se queda mirándome a mí todo el tiempo? ¿Acaso nunca vio una mujer con el pelo teñido de rubio? Quizás se enamoró de mí o piensa que soy una marciana. Es una llama muy rara.

—Creo que no te presenté a Ataw. —Gregorio me habló tras tomar su vaso de leche.

—¿Ataw?

—Sí —contestó animado—, esta llama bonita que ves aquí es macho. Creo que Ataw es la llama más inteligente que puedes encontrar aquí en Tarma.

—¿En serio? ¿Y por qué la consideras más inteligente que las otras que hay en este pueblo? —pregunté con mucho interés solo para olvidar el incómodo momento.

—Ataw es el encargado de traer los ingredientes a nuestra cafetería —intervino Otto—. Conoce todos los caminos. Conoce este pueblo como la palma de su pezuña.

—También me lleva el almuerzo al colegio —añadió Gregorio.

—¿Qué? ¿En serio? —pregunté sorprendida y riéndome. No es algo fácil de creer.

—No es broma cuando te decimos que esta llama es muy lista. Ataw es increíble y hasta es parte de la familia. Algunos pocos turistas que pasaron por aquí lo adoraron. Siempre quieren tomarse una foto con él. Hoy en día, la gente dice que si te cruzas con Ataw tendrás mucha suerte —dijo Rocío.

De repente, Ataw dejó de mirarme y se marchó de la cafetería.

—¿Y a dónde va? —pregunté.

—Nadie lo sabe —contestó José—. Cuando su jornada laboral culmina, siempre suele darse un paseo por ahí.

—Y, como siempre, se va sin despedirse —continuó Otto—. A veces pienso que esta llama es muy sobrada. Es como si tuviera aires de divo.

—¿Llevaron a Ataw a Lima alguna vez? —pregunté y seguí tomando mi café con leche.

—Olvídalo. Ataw no soportaría ver el horrible tráfico, la contaminación, la juventud maleducada y muchas cosas negativas más que puedes encontrar en la capital. Las llamas como Ataw tienen que permanecer en los campos, sino se asustan —dijo Rocío. Por eso casi nunca encontrarán llamas en Lima, a menos que vayas a un zoológico.

—Señorita Brigitte, ¿cómo es estar en un cine? —me preguntó Gregorio.

¿No me digan que hasta ahora no hay uno aquí en Tarma? No estoy tan sorprendida del todo. Hasta en casi todos los pueblos en Estados Unidos hay cines.

—... Con un balde gigante de *pop corn*, un vaso grande de gaseosa y quizás unos nachos. Sí, estar en un cine es pasar un inolvidable y hermoso momento —le respondí.

Sobre todo cuando lo pasas con la persona que amas.

—Pero ¿quién necesita un cine en estos días cuando se tiene Netflix? —dijo Otto sin parar de consumir su sándwich.

En parte, tiene razón. Desde que me separé de Gary, no me animé nunca a entrar sola a una sala de cine. ¿Ustedes lo harían? Da mucha palta.

—Muchas gracias por el desayuno. El sándwich de pollo estaba delicioso —les dije.

—Otto, Gregorio, necesito que se pongan a hervir los frijoles y a lavar el arroz ahora mismo. Tienen que lavarlo dos veces. No lo olviden... Y Gregorio, por favor, ayuda a tu tío a terminar su disfraz para el carnaval —dijo Rocío.

—Pero... —intentó aducir Gregorio.

—Ahora, chicos —interrumpió Rocío.

Otto y Gregorio entraron a la cocina, dejándonos a mí, a Rocío y a José solos en nuestra mesa. José también aprovecha el momento para retirarse. Decía que tenía que entregar otros pedidos con urgencia. Se despidió de mí con otro abrazo y se marchó sin más demora. Creo que aún le gusto.

—Mi niña, si de verdad llegaste ayer, dime, ¿dónde te has quedado a dormir? —me preguntó Rocío.

—En mi casa. ¿Dónde más? —le respondí.

Casi se le resbala la taza que tenía en su mano. No lo podía creer.

—¡¿Pero estás loca?! ¡¿En qué carajos pensaste?!

—¿Por qué? Yo nací allí y tengo derecho a vivir en ella. Es la casa de mi madre y...

—Brigitte, tú debiste avisarme que vendrías. ¿Por qué demonios no lo hiciste?

—Me sentía avergonzada... Muy avergonzada.

—¡¿De qué?! ¿Acaso ya olvidaste lo que sucedió hace años? Dios mío... No puedo olvidar lo que pasó aquella vez. De hecho, nadie aquí en la Perla de los Andes lo hará... Tienes que volver a Nueva York ahora mismo.

—No puedo hacer eso.

—¿Por qué?

—Debo enfrentar mis temores.

—¡No seas tonta, niña!... Agradécele a Dios que estás con vida ahora, pero Nelly hará de tu vida un caos si se entera de que regresaste aquí.

—No voy a irme, Rocío.

—En Nueva York lo tienes todo, mi niña, ¿cierto? Tienes una profesión y te estaba yendo muy bien. ¿Por qué quieres estar aquí, si en el exterior tienes un futuro prometedor?

Pero me quedé muda entonces. No podía decir nada. Estaba avergonzada. Ya no tenía nada. Estaba acabada por completo. Lo había perdido todo. ¡Todo! Me sentía una persona miserable. Una gran mierda.

Rocío se empieza a sobar la frente con una sola mano.

—Bien, entiendo. Si te vas a quedar aquí, hazlo, pero te quedarás aquí en mi casa.

—No es necesa...

—¡Sí lo es! No puedo permitir que vuelvas a pasar una noche más en esa casa del miedo. Le prometí a tus padres que te cuidaría como si fueras mi propia hija y eso es lo que estoy haciendo.

Mi niña, no voy a aceptar un no por respuesta. Debes quedarte con nosotros —insistió Rocío al tiempo que frotaba mi mejilla con suavidad.

—*Okay* —le respondí en voz muy baja.

Durante todo ese día, me quedé observando la calle desde la ventana de mi nueva habitación temporal. También cocinaba con los Ramos y les ayudaba en su negocio de la cafetería. No era nada difícil; ya que en Nueva York solía tener un trabajo de medio tiempo como cocinera y mesera cuando estudiaba en la universidad. Ahí tuve que tratar con todo tipo de gente y de todas las razas. Aquí, en Tarma, era todo más fácil y tranquilo. Quizás porque no me reconocieron gracias a mi pelo teñido, mis grandes lentes de sol, o porque prefirieron quedarse callados. Pero la verdad es que, para conseguir tus sueños, se deben vivir todo tipo de momentos. Así son las reglas. No te puedes quejar.

Al menos esta noche podré dormir tranquila y segura. Lo único malo fue que dejé algunas maletas en mi casa. Caminé kilómetros. Fue como dar veinte vueltas alrededor del Central Park.

—¿Qué estás viendo? —le pregunto a Rocío.

—Una grabación de hace mucho tiempo.

En la pantalla de la televisión aparecía Victoria Ruffo interpretando a una niña y vistiendo un uniforme de colegio. Llorando, le confesaba a su madre que estaba embarazada. Me dio algo de risa.

—¿De qué siglo es esa novela? —Me sigo riendo luego de preguntárselo.

—Oye, no te burles de Victoria. Es mi actriz favorita. Es la mejor —subrayó Rocío acomodando su ropa desde su sillón.

—Pero siempre sale llorando, desde la primera guerra mundial.

—Es el talento que ella tiene. Ella hace que todo se vea tan realista. Hay muchas actrices que intentan hacer creer a la gente que lloran de verdad, pero no convencen. Victoria Ruffo es única. No lo sé... Tenía tantas ganas de ver esta grabación justo ahora.

Después, cosas raras empezaban a ocurrir en la novela. Cosas muy chistosas. Me di cuenta de que no era una novela dramática del todo, sino un *sketch* de comedia. Me reí bastante con Rocío mientras la ayudaba a tender la ropa.

—... Y se dice que desde ahí comenzó la pesadilla de Victoria Ruffo. Cuando conoció más al hombre que le dio la voz a Burro, en *Shrek* y... —continuó Rocío.

Y seguíamos chismoseando viejas noticias de farándula extranjera. Lo pasábamos bien juntas. Tan, pero tan bien que ignoraba el cielo rojo que podía ver por la ventana. Que se joda. Es muy bonito vivir con gente que te quiere y se preocupa mucho por ti. Se siente tan bien cuando valoras todo lo que te dan.

—Ah, te dije que mi pijama rosa te quedaría muy bien. Descuida, la lavé hace poco. Qué suerte que aún la conservara... Te queda muy bien, ¿no lo crees? —me dijo Rocío observándome con mucho aprecio.

Anyway, hogar dulce hogar.

III. LOS RICOS SON LOS VERDADEROS POBRES

Hoy Barack O'Llama cerró sus puertas temprano, pues para esta tarde todos los pobladores empezaron a reunirse en la Plaza de Armas para celebrar su tan querido carnaval. Casi todas las casas estaban decoradas con globos de muchos colores y había guirnaldas en todas las avenidas. Esto, para el pueblo, representa la alegría y otras cosas positivas más.

Las personas pasaban en los desfiles con sus muy coloridos atuendos y sus máscaras venecianas. Algunos pretendían ser faraones, reyes, sultanes y otras figuras poderosas y adineradas. Todos ellos caminaban y bailaban al ritmo de un huaylas.

—Brigitte, ¿te gusta mi atuendo? ¿Qué crees que soy? —me preguntó Gregorio dando una vuelta.

Vestía un caftán de color negro con artículos dorados que dibujaban unos símbolos muy raros. Sus ojos estaban cubiertos con una máscara elaborada, inspirada en los trajes venecianos. También llevaba una gorra de estilo musulmán, ¿tal vez?

—¿Aladino? —intenté, toda insegura.

—No. Soy un sultán. Soy un símbolo de poder y prestigio.

—¿A que se ve lindo con ese atuendo? —me preguntó Rocío.

—Claro que sí —le respondí en tono amable.

—Soy tan adinerado y poderoso que puedo tener todas las mujeres que quiero, y también puedo matarlas si en cuanto a lo sexual ya no me satisfacen lo suficiente.

—¡Gregorio!... Discúlpame, Brigitte. A veces, los niños ven todo tipo de cosas en internet.

—Pero es la verdad... —insistió Gregorio.

—¡Basta, esas cosas no se dicen! —lo regañó Rocío.

—¡Que venga toda la alegría a los Andes! —gritaba bailando un enmascarado.

Y allí me quedaba yo, observando cómo la gente vestida de personas adineradas y poderosas bailaba de forma ridícula. Ahí pasaban los Ramos con sus atuendos de musulmanes. Se veían tan bien juntos... No cabía duda de que pasaban momentos memorables en familia.

Lo que más me incomodaba es que noté a algunas personas mirándome y señalándome como si fuera una especie de terrorista prófuga. Pensé que los lentes de sol y el cabello rubio me ayudarían a ocultarme. Me di cuenta de que algunos empezaban a retirarse, así que abandoné la avenida.

—Brigitte... —llamó alguien agarrándome por el hombro.

—¡Mierda!... Me asustaste.

—Perdón. No fue mi intención.

Era José con alguien que lo acompañaba. No podía verle el rostro debido a su máscara veneciana. Estaban vestidos de capitanes generales de la Armada española, como aquellos que pretendieron invadir nuestras tierras peruanas hace como mil años. También llevaban una gorra parecida a la de un pirata.

—No pasa nada —le respondí.

—¿Te acuerdas de Marcelino? El que siempre vendía sus chipitaps en la hora del recreo. Ahora es policía. —José lo presentaba muy orgulloso.

—Es un placer volver a verla, mi bella dama. ¡Ostias!, no podía creer que volvisteis cuando José me lo informó tomándonos unas cervezas en el bar Pacha del señor Lozada, ¿lo recuerdas? Él aún atiende su propio bar. Te ves mucho más hermosa con el pelo teñido de rubio y esa blusa de color celeste. ¡Qué guay!

El acento español de Marcelino era algo ridículo. Es que no le salía bien. Me pidió la mano para besarla, se la doy y dejo que la bese.

—Ay, qué encantador. Claro que me acuerdo de ti. ¿Cómo olvidar a ese niño que en lugar de hacer las tareas se ponía a dibujar pokemones en sus libros académicos?

—¿Solo eso recuerdas? ¿Acaso olvidaste el…?

—¿El dibujo de Jigglypuff que hiciste para mí? ¡Claro que no! Ese siempre fue mi pokemon favorito. Fueron lindos detalles de tu parte.

Por cierto, ¿dónde habrá quedado ese dibujo? Se suponía que debía estar en mi vieja habitación y entre mis libros de secundaria.

—Se ve que tenemos mucho que recordar. Deberíamos quedar un día de estos para el reencuentro, en el bar del señor Lozada, y beber un buen trago —propuso José.

—Tú lo has dicho, mano. Brigitte, ¿has venido solo para el carnaval? ¿Por cuánto tiempo te quedarás? Para una dama que ahora es fina, creo que el cóctel de algarrobina es lo ideal. —Marcelino se esforzaba por parecer amable.

—Sí… Y no soy una dama fina. No exageres. También tenía que visitarlos. Los extrañé mucho. Vamos, un abrazo —les digo con los brazos abiertos.

Entonces los abracé a ambos. Era pura coincidencia que llegara justo para estas fechas de carnaval. Nada de esto estaba planeado. Al menos llegué en una época alegre después de tantas desgracias que he tenido que pasar. Gary, hijo de puta.

—Es una lástima que no hayas venido disfrazada esta vez. Supongo que será para el festival del próximo año. Espero que te vuelvas a vestir como la reina Isabel —continuó Marcelino.

«Vengan, paguen sus impuestos, malditos asalariados miserables, que quiero bañar mis muebles en oro. Cumplan con su reina, malditos plebeyos».

Esa era una de las muchas líneas que solía proferir cuando bailaba en el desfile cuando era niña. Amaba tanto a la realeza de Inglaterra que soñaba con viajar a Londres, casarme con un hombre parecido al príncipe Harry y tener una simpática amiga como Lady Di.

José y Marcelino volvieron a la pista para continuar desfilando y bailando el huaylas. Saltaban y actuaban como si dispararan a unos esclavos peruanos que traicionaron a un obeso gobernador español. Aquellos que los observaban se reían y bebían cerveza.

Al voltear, me doy con la sorpresa de que un grupo de llamas empezó a recorrer la pista junto a sus dueños. Estos animales llevaban puestos todo tipo de artículos de fiesta de todos los colores. Se veían ridículos, pero chistosos y adorables a la vez. Me reí. De repente, algunas personas volvieron a mirarme. Algunos susurraron a los oídos de otros. ¡Me descubrieron! Comencé a sentirme muy incómoda. Y yo que tanto me gustaba que me confundieran con una de las turistas que estaban tomándose fotos con casi cada tarmeño o llama.

Decidí tomar enseguida el mismo camino para regresar a la cafetería. Ingresé a una avenida vacía y encuentro a un anciano en su silla de ruedas. Al parecer, estaba observando el desfile. Sin embargo, este no era cualquier anciano. Se quedó mirándome unos segundos hasta que abrió más sus ojos. Después, se alejó de mí lo más rápido que pudo. Se ve que ya no tiene mucha fuerza como antes. Parece que me reconoció, así que volteo para regresar por otro camino.

—Buenas, señorita. Me llamo Paco. ¿Ha visto a mi perro? Es mestizo y se llama Paprika. Es negrito con algo de color mostaza —me dijo el niño con una foto en sus manos—. Es un perrito muy lindo... O lo era —añadió algo triste.

—¿Paprika? Qué nombre tan... lindo —le respondí con una pequeña risa.

—Lo perdí hace unos meses, pero sé que sigue aquí en la Perla de los Andes. Si lo ve, me avisa, por favor —dijo el niño antes de irse corriendo.

—¡Espera, ni siquiera sé dónde vives! —alcancé a gritarle. Sin embargo, no me escuchó. Se fue.

En eso, había una llama en medio de la pista vacía. Parecía que estuvo detrás de mí todo el rato. Tenía un lazo rojo amarrado en el cuello. Era Ataw, la llama con aires de divo.

—¿Ataw? Pero ¿qué haces aquí solo? ¿Y tu disfraz? —le pregunté. No sé por qué lo hice. Debo estar volviéndome loca.

Ataw solo me miraba fijo a los ojos. Yo me quedaba quieta esperando a que me respondiera de alguna forma, ya que me dijeron que era muy inteligente... Pero no hizo nada. Por poco pensé que me iba a escupir.

—¿No te gustan los desfiles? ¿Has visto a Paprika? Paco está muy triste... ¿También eres amigo de los perros? Tus dueños, los Ramos, están a la derecha porque creo que ya van a pasar por ahí. Apúrate —le hablé con total confianza.

Seguía sin responderme. ¿Será que este animal de los Andes es en verdad demasiado inteligente o los Ramos me estaban tomando el pelo? Al final, volteó y se retiró. No tomó el camino que le indiqué. Lo veo caminar de espaldas y pienso en una Kardashian... *I don't know why.*

IV. LOS GUERREROS DE LOS ANDES

Ya es casi la medianoche. Me encuentro en el Pasaje Castilla, en medio de la noche roja. El hermoso color rojo ilumina mi camino. Sí... Sí. No hay nadie a mi alrededor, pero aun así estoy atenta. Salgan si quieren. Puede que hoy sea la última noche que los vea.

¿De verdad acabará hoy este infierno? ¿Por qué tanto terror aquí en Tarma? Desde que llegué, este pueblo se ha vuelto un poco solitario. Por lo visto, el chisme se esparce más rápido de lo que imaginaba. Típico. Parece que hasta el sol se asusta de mí, pues ya no sale a iluminar los hermosos campos de la sierra. Ya empieza a sentirse más frío.

—¡¿Quién anda ahí?! ¡¿Eres tú?! —alerto un poco nerviosa.

No tengo nada a la mano para defenderme. Olvidé mi navaja, así que empiezo a correr y, vestida como una turista otra vez, me encuentro al frente de aquella pequeña casa. Es la misma casona vieja de siempre, pegada a otras viejas casonas típicas del pueblo. La puerta se encontraba abierta y, adentro, la habitación estaba decorada con muchos raros artículos de brujería. Mantas con diseños étnicos, una vicuña disecada, pequeñas cerámicas de los incas más famosos, cuadros sobre los Andes, máscaras demoníacas, entre otras cosas. Lo que me dejó más asombrada fue ver un frasco con un corazón adentro.

—Eso es corazón de llama. Vaya, ni con ese hermoso color de cabello podrías engañar a alguien como yo, cielito. Pude sentir en mi interior que volviste al pueblo —me dijo una anciana con un frasco verde en sus arrugadas manos.

—¿Fueron tus poderes o fue el poder del chisme de las más viejas? —le respondí.

La anciana, que como siempre tenía el pelo teñido de rojo, empieza a reírse como una antagonista de telenovela mexicana de los años noventa. Maldita bruja. Me quedé observándola, disgustada y con los brazos cruzados. Yo no le conté ningún chiste.

—¿Y qué tiene de malo? A los peruanos nos gustan los chismes acompañados de un enorme vaso de cerveza. ¿Ya lo olvidaste? Pero tranquila, corazón. Es normal olvidar las costumbres de tus raíces cuando las abandonas por un largo tiempo. Tarma se ha vuelto una ciudad muy hermosa, ¿no crees?

No le contesté. El nombre de esta anciana era Aycha, Aycha Poma. Con su piel muy arrugada y sus ojos por completo blancos y vacíos. Esos ojos. Esos ojos que tanto me aterraban de niña. La primera vez que la vi, pensaba que me quería secuestrar para llevarme con el cuco. Ahora llevaba puesta una túnica roja con dibujos étnicos que parecían máscaras de demonios.

—Veo que esto no es una visita de amigas. ¿Has venido hasta aquí para adquirir otros de mis magníficos productos? Déjame ayudarte, niña. Tengo todos los poderes de los Andes a tu disposición. Todo lo necesario para volver a solucionar tus problemas. La señora Fuego está a tus servicios.

—Sí, para eso vine. Vine para que me cures con tus prodigiosos poderes.

—¿Curar qué? Yo te veo en buen estado. Tienes un buen cuerpo, buena salud, belleza. ¿Qué más puede pedir una mujer como tú en estos días? Soy todo oídos.

—Cura este efecto que me está matando.

Pone el frasco verde en su mesa y se sienta.

—Tú conocías muy bien esos efectos, ¿no es así? La medicina peruana tiene un costo muy alto, y no hablo solo de dinero, claro. Tú misma me aseguraste que podrías superarlo sin ningún problema... O quizás, ¿estabas muy apurada? ¿Qué tan infernal fue tu vida en Nueva York?

Volteo a mirar por la ventana y vuelvo a ver el cielo rojo como todas las noches.

—No, no estás loca, niña. Te entiendo muy bien.

—¿Tú también lo ves?

—Claro que no. Me lo contaron mis antiguos clientes antes de que...

—¿Antes de qué?

—Antes de que murieran.

Eso me aterrorizó por unos segundos. Sin embargo, sí, ella tenía razón, en efecto yo estaba en apuros; desesperada y aterrada a la vez. Yo no tenía elección en aquel entonces, pero pensé con la cabeza. Lo juro.

Aycha empieza a limpiar sus pociones y otros artículos étnicos que tenía en sus estantes a la vez que me contaba una historia.

—Hace mucho tiempo, cuando los españoles nos colonizaron, nuestros pobladores vivieron muchos infiernos con la esclavitud. Estos desgraciados vinieron al Perú a mezclarnos con su horrenda piel blanca y, por desgracia, mi tatarabuela fue una de las miles de víctimas. Ay, pobre de ella.

Ahora se pone a deshojar un poco de perejil en su pequeña mesa. ¿Será para una poción o para cocinar un estofado? Pues yo también aún recuerdo la historia del Perú que nos enseñaban en el colegio... Bueno, algo.

—No obstante, estos españoles violaron a la mujer equivocada. Mi familia siempre mantuvo la costumbre de realizar la magia pura de los Andes. Mis ancestros son poderosos. Una noche, mi tatarabuela había creado la magia más poderosa que la humanidad pudo haber creado.

Como afirmaron algunos científicos hace mucho tiempo: «La magia solo es una ciencia que aún no conocemos». ¿Tendrá algo que ver la ciencia en esto? ¿De dónde proviene la magia?

Dijo que estos soldados bebieron la pócima en sus jarras, pensando que era algún tipo de cerveza peruana. Al principio, aseguraron que no tenía sabor alguno, que parecía estar mal hecha o vencida; pero segundos después sintieron un dolor como de los mil infiernos.

—Sí, era como si por dentro estuvieran ardiendo. ¿Eso te recuerda algo? En fin, luego de estos terribles dolores, los españoles culparon a las peruanas que les ofrecieron esas jarras de cerveza. Las golpearon y las azotaron, entre otras atrocidades.

—Y supongo que después vivieron horrores.

—Así es, niña. Estos hombres empezaron a ver todos sus miedos en sus ojos. Sentían como si estuvieran rodeados de horrendas cosas que no sabían explicarse. Y todo eso estaba acompañado de un cielo...

—Un cielo rojo.

—Un hermoso cielo color rojo como la sangre. Mis ancestros han creado un arte, una maravilla. Qué envidia te tengo. No sabes cuánto.

Yo no diría lo mismo. No se imagina lo aterrador que era estar en un avión en pleno vuelo.

—Estos españoles blanquitos no pudieron enfrentar los efectos y terminaron suicidándose de las formas más brutales.

—¿En serio? ¿Y cómo se mataron? —le pregunté de forma sarcástica y con los brazos cruzados para calmar un poco el escalofrío que sentía.

Aycha retira un libro de su cajón. Aquel libro estaba muy viejo y tenía la figura de una llama de perfil. Resulta que era el diario de su tatarabuela o algo así. Cuando Aycha lo abrió, pude ver los dibujos en cada página. No tenían nada escrito.

—Mira, este tipo se clavó su espada en el abdomen, en su cama. Según me contó mi madre, el hombre siempre era atormentado por su padre, quien abusaba sexualmente de él cuando era un niño. Este otro se lanzó desde lo alto de un acantilado. Según decía él, siempre era perseguido por un perro de raza pitbull, que era cuatro veces más grande. Este otro se mató golpeándose numerosas veces la cabeza con el sacaclavos de un martillo.

—Dios mío… Eso sí que es brutal —le digo con la palma de las manos en mi boca.

Y es que a este último tipo es a quien solía ver pocas veces desde que llegué aquí a Tarma. Me observaba muy de cerca e intentaba agarrarme el brazo.

—Espera… No, a este lo mataron sus pobres víctimas con el martillo. Aprovecharon que él estaba bajo los efectos de la pócima. No recuerdo qué era lo que veía. Será que ya me estoy haciendo más vieja. Aquí está con el martillo incrustado en el cráneo.

De repente, alguien empezó a gritar en el piso de arriba. Golpeaba las paredes.

—¿Qué fue eso? ¿Son fantasmas?... No, eso no fue real.

—Sí, sí lo fue. Cariño, Tarma es una ciudad muy antigua y llena de tumbas en sus carreteras. ¿Qué esperabas? ¿Tienes idea de cuántos españoles murieron en este pueblo? Mis ancestros ayudaron a secuestrar a algunos para acabar con sus vidas. ¡Eso era luchar por nuestro país! Si en el exterior la gente se pregunta cómo los peruanos liberaron a su país de los españoles, no fue San Martín ni Simón Bolívar, fuimos nosotros, los Poma, ¡los brujos más poderosos del mundo! ¿Quieres una infusión de manzanilla? Está haciendo mucho más frío de lo normal.

No me sorprendería saber que el tipo del martillo murió aquí.

—¿Qué pasa, niña? ¿Sientes lástima por esos hombres blancos? ¿Acaso no escuchaste esa vez lo que el padre Gómez dijo en la iglesia? —Me trae la manzanilla.

El padre Gómez nunca le permitía el ingreso a Aycha al santuario del Señor de Muruhuay ni a ninguna otra iglesia. Aun así, la bruja siempre estaba escuchando desde afuera todo lo que el sacerdote hablaba. Ella no tiene amigos, pero en el pueblo dicen que habla con los muertos cuando camina por una carretera llena de tumbas.

—No hay pecado mortal más grande que violar —le dije.

—Así es. Y sé que tú lo entiendes muy bien, ¿verdad? Esos tipos tenían que pagar por sus delitos de alguna forma.

—No te atrevas a hablar de eso, por favor.

—Oh, es lamentable, claro. Sin embargo, me alegro de que todo haya terminado como terminó. Fue un escándalo que la Perla de los Andes jamás olvidará. ¿Qué se siente ser el centro de atención? Cuando te ven los pueblerinos, lo primero que piensan es en sangre, carne, sangre, carne, ¡muerte!

—¡Basta! ¡Cierra la puta boca, maldita bruja horrenda!

—¡¿Quién te crees que eres tú para insultarme en mi casa?!

—¿Llamas casa a este basurero? Esto parece la casa de los Locos Adams serranos.

—Ay, entonces asumo que ahora te crees una piel blanca y gringa solo porque te tiñes el pelo de rubio y porque viviste en Nueva York, la ciudad de primer mundo, la capital del mundo. ¿Piensas que la nieve blanca y pura de Nueva York fue lo que aclaró tu piel? Pues adivina qué, mi cielo, ya lo perdiste todo. Y lo perdiste por tu amado Gary.

—¡Te prohíbo que hables de eso!

—¡Qué bueno que el pobre gringo haya abierto al fin los ojos! Tú, Brigitte, eres una mierda de mujer. Si hay alguien más que pecó en Tarma, ¡fuiste tú!

Decido calmarme y tomo un gran sorbo de manzanilla. Estaba muy caliente. Sí que lo necesitaba.

—...Corres un grave peligro, Aycha. Si todo esto se llega a saber... —le advierto muy preocupada.

—¡Yo ahuyento al peligro, niña! Mis ancestros me protegen, pero ¿quién te va a proteger a ti? Eres tú quien vivirá escondiéndose aquí en Tarma por el resto de tu vida. Deberías agradecer que tienes gente que te quiere y aprecia. Eres muy afortunada y no te das cuenta. Hoy en día la gente prefiere estar en soledad. Ahora, retírate, niña malagradecida.

En ese momento, la campana de la puerta sonó. Era una pareja de extranjeros con sus pieles de color blanco y sus cabellos rubios. Vestían prendas con estampados étnicos. Tenían imágenes de llamas en ellas. Sí, no cabía duda de que eran extranjeros.

—Buenas tardes, espero que esta sea la casa de la Señora Fuego —dijo la gringa.

—Esa soy yo. Aycha, la Señora Fuego a su servicio. Ustedes deben ser los Taylor. ¿Lo pronuncié bien? Son mucho más guapos en persona.

—Sí, es un placer conocerla al fin, aunque veo que está ocupada. Podemos esperar sin problemas —propuso el gringo. Su español no era muy bueno.

—No se preocupen, sigan. Yo solo vine de visita. Ya acabé mi manzanilla —les dije toda amable.

La esposa extranjera me mira con curiosidad.

—Un momento... Tú eres la mujer que estaba en el carnaval de hace unos días. Corrías un poco asustada, como si te hubieran robado el celular u otra cosa. ¿Te pasó algo malo?

—¿A mí? No, nada malo... Es que había olvidado algo importante y suelo exaltarme a veces, pero ya todo está bien.

—Ah, menos mal. Mi marido y yo nos preocupamos un poco.

¿Se preocuparon por mí? Qué lindos.

—Me llamo Esther y él es mi esposo Edward, el nuevo profesor de inglés del pueblo. Vivimos en Nueva York. ¿De dónde eres tú? Es un placer.

—Somos los Taylor. Es un placer conocerte —dijo Edward.

—Un gusto, me llamo Brigitte Ortiz. No, yo nací aquí en Tarma. Espero que se estén divirtiendo.

—¿En serio? *Wow*, qué envidia —dijeron ambos.

—¿Envidia?

—¡Claro que sí! Tú vives en un hermoso paraíso. Aquí sí se respira aire puro y limpio. Aquí se come muy sano. Vives rodeada de mucha flora y fauna. En Nueva York no encuentras nada de lo que hay aquí. Edward y yo queremos comprar una casa aquí para que nuestro futuro bebé crezca rodeado de toda esta naturaleza.

Me han dejado sin palabras. Me costaba creer lo que decían, pero es cierto que las personas valoran más culturas ajenas que las propias. Evité comentarles que vivía en Nueva York. No me iba a sentir bien si lo hacía, pues sentí que abandoné el *verdadero* paraíso.

—Ya está todo decidido —puntualizó su esposo—. Hemos visto que aquí todos se quieren y se apoyan unos a otros. Son un equipo. Espero que seamos buenos amigos.

Me quedé más sorprendida.

—Y si es verdad que el desastre ocurrirá en Nueva York en unos años —agregó Edward—, pues no tendremos que preocuparnos por un nuevo hogar porque ya lo encontramos. Esta es la cultura que nuestro bebé necesita.

—¿Saben cómo está la gente en Nueva York? —pregunté con curiosidad.

—Pues parece que cada vez más personas están aterradas y abandonan sus hogares. También empezaron muchos saqueos en tiendas de alta gama —dijo Esther.

—Y se ve que esos saqueos son más serios, pues son realizados por gente blanca —agregó Edward.

—*Honey…*

—*I'm sorry, babe, but why? It's the truth.*

—Ya está lista la tina para su baño de florecimiento —interrumpió Aycha con unas hierbas en sus manos.

—¿En qué momento desapareciste, Aycha? —pregunté sorprendida.

—Cariño, recuerda, tienes que prestar atención a lo que te rodea siempre —me aconseja Aycha—. Si *ellos* te atrapan y te matan, los demás tan solo verán cómo te suicidas. El diablo puede estar en todas partes. Mujer u hombre, todos deben estar atentos.

Cura no hay, y observo preocupada a Aycha. Los Taylor se miran entre ellos con extrañeza.

—Es un gran dicho, ¿no creen? —pregunta Aycha a los Taylor con una sonrisa.

—Sí. Hay mucho que ver y descubrir aquí en Perú, tierra de maravillas —contesta Edward emocionado.

Esther se anima y soba su vientre. Anhela bastante ese baño de florecimiento. Quiere que su futuro bebé sea protegido por el poder de los Andes. No sé si es una buena idea.

V. CRÍA CUERVOS...

Cuando el anochecer llegó y el cielo se tornó color sangre otra vez, Barack O'Llama cerró sus puertas al público para celebrar una noche con los amigos del pueblo. Los invitados ya deberían empezar a llegar poco a poco. El primero en llegar había sido Ataw, quien estaba afuera, al parecer, dando un paseo.

—Ya acomodé todos los platos vacíos en las mesas. Otto, ¿cómo vas con el equipo de karaoke? —pregunta Rocío.

—Va bien... creo —dijo Otto mientras desenredaba los cables.

Rocío siempre hacía este tipo de reuniones los domingos para mantener unidos los lazos de amistad del pueblo.

Una pareja de ancianos llegó y se quitó los abrigos.

—Buenas tardes con todos —saludó el anciano—. Hemos traído causa rellena para todos. Nos alegra saber que llegamos justo a tiempo. Vemos que aún faltan algunas personas.

—Sí, ya deberían estar llegando —Rocío hablaba y colocaba copas de vino vacías en las mesas.

Lo malo es que aquellos que siempre solían venir desistieron y no quisieron informar el motivo. De repente, la anciana se me acercó y me agarró las manos.

—Brigitte, niña, me alegra mucho volver a verte después de tanto tiempo. Mira cuánto has crecido. Eras muy pequeña desde la última vez que te vi. Y es verdad lo que dicen en el pueblo...

«La niña que trajo el terror a Tarma ha vuelto». «¡Corran por sus vidas o terminarán siendo degollados!».

—Que «Brigitte se ve muy bonita con el pelo teñido de rubio».

Ay, pues las rubias somos la nueva sensación.

La anciana se llama Killari y su marido, Wayra, los Chipana. No se veían tan ancianos en realidad. Se ve que la sierra los trató muy bien. Ambos fueron amigos de mis padres. También solían celebrar las navidades con nosotros hasta...

—Te lo agradezco mucho... No sabes cuánto. Qué noble gesto de tu parte —agradecí con un leve ardor en los ojos.

Ella sostiene mi mano y me sonríe. Nunca olvidaré las veces que en su casa pasé momentos divertidos con sus hijos Adrián y Cecilia. Los Chipana siempre me invitaban unos deliciosos alfajores preparados por ellos mismos.

—Sé que Rocío es como tu segunda madre. ¿Te digo algo? Yo quiero ser la tercera —expresó.

—Y yo quiero ser tu... segundo padre —agregó Wayra abrazándome.

Killari y Wayra eran ahora como unos ángeles. Ya sentía que no podía soportar el odio que otros solían lanzarme cuando caminaba por las calles. Así que los abracé a ambos. Aún tengo gente que me comprende en esta ciudad de los Andes.

—Brigitte, de casualidad ¿sabes algo de Adrián y Cecilia? —me preguntó el señor Chipana frotándose las manos.

—...Me temo que no —le respondo con total sinceridad.

Agarro sus manos y noto que tiemblan un poco. Entonces Killari lo agarra del brazo.

—No, déjalo ahí, marido. No hace falta preguntar.

—Les juro que no sé nada de ellos —ratifiqué—. Lo lamento.

—Y te creo, Brigitte —me responde Killari.

Su marido empieza a ponerse un poco triste. Adrián y Cecilia eran algo ambiciosos. No eran niños malcriados. Eran casi como mis amigos. No hablábamos mucho en el colegio, pues ellos eran unos años mayores que yo. Lo último que me dijeron fue que estaban buscando oportunidades laborales en Boston, pero la embajada había rechazado su visa estadounidense. Después, se despidieron de sus padres para buscar un mejor futuro y nunca más volvieron a saber de ellos.

—Tal vez no consiguieron cruzar la frontera y estarán de regreso —les dije.

—Eso debió pasar hace ya mucho tiempo. Es posible que ahora estén en tierras estadounidenses y decidieron empezar desde cero, dejando todo atrás sus raíces y su familia. De ser así, debo estar feliz por ellos. —Wayra habló con el pecho en alto.

O quizás murieron en alguna parte del desierto de Arizona, luego de cruzar la frontera de forma ilegal, y fueron alimento para coyotes hambrientos. No piensen que soy cruel. Yo no invento. Muchos inmigrantes ilegales murieron de horribles formas por intentar conseguir el sueño americano... Pero no les dije nada de eso. Me sentí muy mal por ellos. Sobre todo por Wayra, quien empezaba a mirar el suelo ahora con mucha más tristeza. Adrián y Cecilia me recuerdan a mí en cierto punto.

—Como padres, nosotros siempre damos lo mejor para nuestros hijos, y ellos ¿qué hacen? Se van y se olvidan de que existimos. Ah, pero te juro que, si regresan para pedirme ayuda, se la daré. Claro, antes les daré unos duros azotes en sus culos desnudos. Espero que algún día piensen en lo duro que sufre una madre cuando está pariendo, malditos malagradecidos de mierda —dijo Killari apretando su copa vacía.

—¡Killari!... —exclamaron Rocío, Otto y Wayra al tiempo que señalaban a Gregorio con la mirada.

—Oh, Ataw, criatura preciosa, tesorito de los Andes, mira qué hermosa está tu lana, tan blanca y pura. Gregorio, ¿crees que puedas darme un poco de esta lana? Quiero tejer una hermosa chompa para mí. Prometo hacer una para ti también. —Killari acariciaba el rostro de la llama.

¿Es cosa mía? La llama estaba sonriendo y sus orejas se movían con rapidez cuando sentía las caricias de Killari. Se ve que esos dos tienen buena química.

—Trato hecho. Miren, ya llegó Dolores —Gregorio se emocionó.

Volteo y era cierto. Dolores, una niña de la misma edad de Gregorio, iba acompañada de sus padres. Llevaban en sus brazos unas botellas de gaseosas y otros bocaditos. Los tres me saludaron con mucha amabilidad. Era una niña muy bonita, pero me sorprende que en estos tiempos aún les pongan nombres de abuela a las hijas.

—¡Pero qué frío! —exclamó la madre de Dolores—. ¿Por qué de repente se fue el verano?

—Dolo, hoy es noche de karaoke y el tío Roadhog ya dejó todo listo para empezar —dijo Gregorio.

—Ya te dije que no me llames así cuando hay visitas —le reprochó Otto.

No me pude controlar en ese momento. Me reí bastante, pues había entendido muy bien la referencia. Resulta que Gary era programador y amante de los videojuegos. En la universidad, solía irse a jugar con sus amigos y compañeros de clase después de largas horas de estudio. No recuerdo cómo se llamaba ese videojuego. Nunca lo llegué a jugar. Gary... era un desgraciado mal parido.

—José, Marcelino, qué bueno que ya llegaron. Bienvenidos, tesoros míos —saludó Rocío.

—Ah, el delicioso aroma a café que se conserva aquí es hermoso, pero no tanto como tú, Brigitte —halagó Marcelino.

—Ay, qué tierno eres —le respondí y les di a ambos un beso en la mejilla.

—Ya casi estamos por empezar. Solo tengo que configurar esto y estamos listos —dijo Otto con las manos llenas de cables.

—Mis padres no pudieron venir porque... están algo enfermos. Este frío los agarró desprevenidos —excusó Marcelino.

—Los míos tampoco. Ellos tenían cosas que hacer —alegó José, quien tenía una caja con latas de cerveza.

Me sentí un poco incómoda y empiezo a acariciar a Ataw, el pokemon de los Andes, que para empeorar mi estado voltea a mirarme y da un paso al costado. Eso dijo mucho de él. No le caigo bien. ¿Qué mierda tiene conmigo? ¿Cuál es su cau cau?

Los Taylor llegaron a la cafetería. Expresaron asombro ante cada decoración étnica que tenía el local. Se notaba bastante su sinceridad. Saludaron a cada uno de los presentes. Conmigo fueron el doble de amables.

—Un gusto, somos los Taylor —se presentó Edward—. Gregorio nos invitó y no podíamos perdernos una noche de karaoke en el Perú.

—Oh, usted es el nuevo profesor de inglés del colegio de Gregorio —reconoció Rocío—. Y usted su muy hermosa esposa. Es la primera vez que recibimos norteamericanos en un karaoke como este. Siéntanse como en su casa.

—Conocimos a Brigitte en la casa de la Señora Fuego —aclaró Esther.

—¡¿En la casa de quién?! —exclamó Rocío, asombrada, mirándome después con los ojos muy abiertos.

—¿Quieren cerveza o vino? —ofrecí a los Taylor enseguida.

—Esto lo hablaremos luego —me susurró Rocío al oído.

El equipo de karaoke se enciende y la primera en cantar es Killari. Agarra el micrófono, se acomoda su poncho rosa tejido con la lana de Ataw, se pone su máscara veneciana y empieza a cantar una rola de Rafaella Carrá, tal vez una de las italianas más queridas de toda Sudamérica.

Si él te lleva a un sitio oscuro, que no te asuste la oscuridad,
pues casi nunca se está seguro si es por amor o por algo más.
Ah... en el amor todo es empezar.
Ah... en el amor todo es empezar.
Si tú notaras que es un tormento y no se acaba de decidir,
para ayudarle es el momento de que enseguida le des el sí.

Luego de los aplausos, Killari se ríe de la emoción y agradece a su pequeño público. Cuando se sienta, su marido le da un beso en la mejilla. Viven felices, como si nunca hubiesen tenido hijos o viajado a muchos países de Europa y Asia. Me siento bien por ellos.

—¡Pues yo habría vendido mi cuerpo sensual para poder pagar una entrada y ver cantar a esa talentosa mujer en vivo! No me avergüenza decirlo. Rafaella Carrá lo vale —afirmó Killari con su vaso de cerveza en la mano.

Los asistentes se asombran y empiezan a reírse. Ya saben cómo se pone Killari cuando se trata de su artista favorita, una de las muchas razones por las cuales complicó las metas de Killari.

Ahora es el turno de Otto, quien se prepara para cantar. Las chicas gritan en forma de broma.

—Otto, no olvides que esta noche cantamos baladas románticas y antiguas. Nada de bandas oscuras metaleras como Metallica, Kurt Cobain, AC/DC o Cristian Castro —lo previno Rocío después de terminar su primer vaso de cerveza. Todos vuelven a reírse.

Otto se pone al frente y se prepara para cantar. Reproduce una canción de Camilo Sesto. Se acomoda su camiseta de motero y comienza a imitar los pasos polémicos de Elvis Presley. Me quedé sorprendida.

Fresa salvaje,
con cuerpo de mujer,
hay vida en tu vida,
pero hay algo que no ves.
Yeah, fresa salvaje,
uh-uh (ah-ah),
yeah (ah-ah),
yeah (ah-ah),
yeah (ah-ah)
(ah-ah).

Fresa salvaje,
agua de manantial,
río sin cauce,
dime dónde vas.

Todas las chicas presentes en la cafetería empezamos a gritar como si ya estuviéramos ebrias. Quizás lo hacíamos porque recordábamos bien lo muy guapo que era Camilo Sesto. Mi madre y Rocío decían que su rostro fue tallado por los mismos dioses.

—¡Aviso a toda Tarma! ¡Chicas, no olviden que Otto aún está soltero! Recomiéndenlo a sus amigas —anunció Rocío alzando su segundo vaso de cerveza.

Cuando Rocío perdió a su marido debido a un terrible accidente de tráfico en Lima, pensó que su vida iba a ser muy difícil, que iba a ser vergonzoso ser viuda y criar sola a un bebé. Sin embargo, su hermano llegó a su rescate. Aquel hombre medio gordo dejó su trabajo y sus sueños en Lima para volver a su pueblo y ayudar a su hermana con todo lo que podía. ¿El resultado? Un niño lindo y bien educado llamado Gregorio.

Qué hombre tan valeroso eres, Otto. Espero que encuentres una gran mujer que esté a tu nivel. Tú sí que mereces un gran amor. En serio. Yo nunca debí merecerlo... Quizás yo nunca merecí a Gary.

La pequeña Dolores recibe el micrófono y se acomoda su vestido. Una rola de Jeanette empieza a sonar. Ahora todos hacemos silencio.

Yo
soy rebelde porque el mundo me ha hecho así,
porque nadie me ha tratado con amor,
porque nadie me ha querido nunca oír.

Yo
soy rebelde porque siempre sin razón
me negaron todo aquello que pedí,
y me dieron solamente incomprensión.
Y quisiera ser
como el niño aquel,
como el hombre aquel que es feliz.

Y quisiera dar
lo que hay en mí,
todo a cambio de una amistad.

—Y soñar. Y vivir. Y olvidar el rencor. Y cantar. Y reír. Y sentir solo amor —corearon todos, excepto yo.

¿Acaso era impresión mía? Noté que Dolores no dejaba de mirarme mientras cantaba. Yo nunca fui una chica rebelde. No es que me negaran todo aquello que pedía. Era consciente de que éramos una familia humilde, pero teníamos para comer. Era una niña ingenua y, a veces, pude haberme portado mal y no comprender mi situación en aquel entonces. Repito, era solo una niña. Igual me alegro de que la mocosa ya terminara de cantar. Me tomo el vaso de cerveza de un solo sorbo.

Dolores, en medio de aplausos, abraza a sus padres toda contenta. En verdad, tenía una hermosa voz para el canto. Y con ese nombre de anciana, que casi ninguna otra niña tiene, con facilidad se hace muy conocida. Ataw se sienta en el suelo y se relaja después de que la niña besa su hocico.

Dolores le da el micrófono a Edward. Era el turno de la pareja de extranjeros. Esther se emociona y deja su vaso de gaseosa en la mesa. Ambos se posicionan al frente y se presentan con más detalles.

—Edward y yo nos conocimos en una universidad de Texas, en un curso de español —empezó a relatar Esther—. Una vez, hicimos una actividad: cantar una canción en pareja. Fue divertido.

—En ese tiempo, Esther y yo ya éramos novios, y elegimos una canción al azar. A veces pienso que esta canción nos hizo enamorarnos más —dijo Edward.

—Es el poder del español, *I think* —añadió Esther.

Se dirige a Otto y le dice el nombre de la canción de Ricchi e Poveri. Otto la reproduce y todos nos quedamos prestando mucho más atención de lo normal. Supongo que es porque no es común escuchar a gringos cantando en español. Edward ya empezaba a cantar y parecía que lo hacía con puro sentimiento. Lo podía notar en su rostro. Esther lo miraba toda enamorada, como si fuera la primera vez que lo hacía. Aun así, ella estaba expectante porque ya le iba a tocar su turno de cantar.

Me enamoro de ti,
de tu vida entera.
Me enamoro de ti,
quiera o no quiera.
Es como un sueño
que se me repite día a día.
Tú serás,
quieras o no quieras, mía, eh-eh-eh.
Soy un hombre,
como tantos, que te sigue, que te espía.
Soy un hombre
que te pide compañía.
Me enamoro de ti,
mi mejor amigo,
porque aprendo a volar
siempre contigo.
Me enamoro de ti
como del verano,
porque quemas mi piel
mano con mano.

Esta letra me recuerda mucho a Gary. Y los gringos cantan tan bien el español que están causando un gran efecto en mí... Al carajo con Gary. Quiero llorar, pero me resisto. Me sirvo más cerveza.

Al terminar la canción, todos aplauden con mucha emoción mientras Edward y Esther se besan de un modo apasionado. Bienvenidos a Tarma. Que lo disfruten. Que viva el amor, pero lejos de mí.

—¿Escucharon eso? —preguntó Otto.

La pareja de gringos dejó de besarse. Nadie entendía lo que Otto había escuchado. Al rato, escuchamos a alguien gritar en el segundo piso, lo que hizo levantarme de mi asiento.

—¡¿Es el soldado español?! —lo dije sin darme cuenta.

—Mamá, tengo miedo —dijo Dolores abrazando a sus padres.

Todos miramos hacia aquella puerta vieja de la entrada. Ahora podía escuchar unos pasos en las afueras. José y Marcelino se ponen delante de mí. Edward y Esther se abrazaban. Ahora estaban algo asustados. La llama se pone de pie en sus cuatro patas y se acerca a la puerta para olfatearla.

—No hay nada que temer, mi niña hermosa. Mientras estés con los seres que más amas y te aman, nada malo te sucederá —le dijo Killari a Dolores.

—Tal vez solo es un demente ebrio. No se preocupen, que aquí no podría entrar. Estamos juntos. Que no arruine nuestra fiesta —tranquilizó Rocío.

Rocío agarra el micrófono y reproduce una canción de Mari Trini. Ella acomoda su vestido y empieza a cantar hacia nosotros, pero, de vez en cuando, cantaba hacia la puerta. Su voz era muy hermosa.

Ayúdala,
no la lleves la contraria,
pon sus pies sobre la tierra
sin que apenas se dé cuenta.
Pero no quiebres sus alas,
hoy teñidas de esperanzas.

Ayúdala,
que yo existo, no le digas,
es tu amante, es tu amiga.
La elegiste libremente
mientras yo te sonreía,

te alejabas de mi vida.
Y jamás dejes de amarla,
en su mundo búscala.
Si su estrella se ha perdido,
roba otra y dásela.
Yo te ruego que la quieras
y la aceptes como es.
Es un astro, un velero,
una lluvia hecha deseo por caer.

¿Qué es lo que intentas hacer, Rocío? Él nunca me dejará en paz. Soy lo único que le queda. Me quiere a mí.

Luego de la canción, todos aplaudimos. Los sonidos se volvieron a escuchar. Esta vez fue más fuerte y volvimos a ver la puerta.

Creo que ya salió, pero no se quiere alejar lo suficiente de mí. Así que me acerco a la ventana para asegurarme. No había nadie cerca. Tan solo veo el escalofriante cielo rojo.

—¡Brigitte! —gritaron José y otros.

Algo muy duro había roto la ventana y me había golpeado en la frente. No sentí dolor, pero me desvanecía. Todos se acercaron a mí desesperados. Qué raro. Poco a poco dejaba de escucharlos gritar y empezaba a ver todo borroso. Parecía que estaba a punto de morir. De todos modos, ¿qué me importa? La pasé muy bien con todos ustedes.

VI. EL SECRETO DE BRIGITTE

—Te aseguré que no era mala idea venir aquí —dijo Mei jalándome del brazo. Luego me dio un vaso con cerveza.

Los estudiantes de la universidad organizaron una fiesta por el fin de ciclo. Estudiar en Estados Unidos no es nada fácil, así que se premian con mucho alcohol y otras sustancias que prefiero olvidar.

Mei, mi mejor amiga, me lleva hacia un chico que andaba con el torso desnudo. Su nombre era Jason y era el dueño del departamento. Estudiaba Artes Creativas. Me sentía algo incómoda al verlo semidesnudo.

—Jason, mira, te presento a Brigitte. Si no fuera por ella, habría desaprobado mis exámenes de Español y Ciencias Políticas —explicó Mei toda contenta.

—Un gusto, Mei me habló mucho de ti. Se ve que te quiere mucho. En serio, la salvaste de que se la llevaran de regreso a Japón si no aprobaba el ciclo —confirmó Jason tras darme un beso en la mejilla.

Le agradecí por dejarme quedar en su fiesta. Su departamento era muy grande. Parecía que éramos más de cincuenta personas, muchas de ellas bebiendo y ejecutando pasos de baile muy locos. Si los vieras, te darías cuenta de que algunos estaban drogados. Esto me recuerda mucho esas películas de terror de asesinos antes de que ocurra una tragedia. Es como si alguien fuera a morir y todos viviéramos un infierno, pues tendríamos un asesino entre nosotros que nos iría matando uno por uno en los próximos días.

—¿Qué está haciendo ese? —curioseé.

—¿Quién?... ¡Sergey, baja de ahí! —le reclamó Jason.

El chico había estado parado encima de la mesa central de la sala, mirando muy de cerca la luz del techo. Era claro que estaba bajo los efectos de las drogas. La mesa se rompió y Sergey cayó de espaldas. Jason no lo pudo alcanzar.

—¿Estará bien? —pregunté preocupada.

—Ignóralo, Sergey siempre se droga de más, pero es increíble. Su cuerpo puede soportar kilos de metanfetamina. Todos quieren ser como Sergey —dijo Mei riéndose.

—¿Y sus padres? —indagué después de tomar un sorbo de cerveza.

—Los padres de Sergey son detectives y trabajan en la comisaría. Dicen que cuando Sergey era niño, sus padres lo llevaron a su centro de trabajo para que conociera a los delincuentes y así aprendiera a ser un buen hombre, pero...

—¿Pero qué? —Quería saber más.

—Lo perdieron, pasaron horas buscándolo y resulta que todo el tiempo estuvo metido dentro de la sala de pruebas. Solo por curiosidad, el pobre, pequeño e inocente Sergey había inhalado kilos de drogas confiscadas a raperos afroamericanos millonarios. Así nació ¡Super Sergey! —gritó Mei, al final, alzando su vaso de cerveza.

Todos corearon el nombre de Sergey y alzaron también sus vasos. Jason cargó a Sergey, ya inconsciente, y se lo llevó a su dormitorio. A nadie pareció importarle su estado de salud, siguieron bailando, conversando y bebiendo como si nada hubiera pasado.

Cuando Jason salió de su dormitorio, abrió la entrada principal para recibir más invitados. En ese momento ingresó un chico delgado de pelo rubio. Llevaba puesta una camiseta azul, pantalones holgados y unas deportivas. Un estilo muy casual. Sus ojos verdes y su barba lo hacían ver muy varonil y maduro. Sí, tenía lindos ojos.

Jason lo abrazó y le dio unas palmadas en la espalda. Se ve que son muy buenos amigos.

—Mira quién está ahí. —Mei me golpeó con su codo.

—¿Quién? Ah, él, sí —le digo, y después tomo más cerveza. Mi vaso ya estaba vacío y no me había dado cuenta.

—¿Solo eso dirás? —cuestionó ella con una cara muy rara.

—¿Eh? ¿De qué hablas?

—¿Crees que no me he percatado? Siempre mirabas a este chico con una cara como de golosa.

—¡¿Go-golosa?!

—Al cruzarnos con él en la facultad te notaba muy rara. Cuando nos tocaba un curso con él asistías demasiado arreglada. Qué curioso, ¿no? Perra, admítelo ya.

—No digas tonterías, Mei, y cállate que te va a escuchar. No me...

—¡Oye, Gary! ¡¿Puedes venir, por favor?! —gritó Mei alzando su mano.

—¡¿Qué mierda haces, estúpida?!

—Yo también te adoro, perra. Mi perra cerebrito que pone cara de mañosa cada vez que mira a Gary.

Después de saludar a los presentes, Gary se acerca a nosotras. Empiezo a sentir fuertes calambres hasta en la punta de mi cabeza. ¡Que alguien me saque de aquí! ¡Que empiece un terremoto, por favor! O que ocurran otros desastres que solo suceden en las películas sobre Nueva York.

—Hola, Mei. Es un gusto conocer a la novia de Jason.

—Gracias, Gary, guapo. También es un gusto. Quiero que conozcas también a Brigitte, una de mis mejores amigas, mi salvadora.

—Es un placer, Brigitte. Hermoso nombre. —Me dio un beso en la mejilla y me sonrojé.

—¿Hermoso? —musité.

—¿Qué? —me preguntó con una sonrisa.

—¡Es un placer conocerte a ti también! —le respondo.

Mei nos quiso dejar solos, pero no quería que lo hiciera. Yo estaba supertímida. Notaba que Gary también lo estaba.

—Muchos en la universidad le debemos a Brigitte. Pensé que tú también habías recibido sus servicios —le dijo Mei.

—No, pero me la recomendaron varias veces. Tienes muy altas notas.

La beca no cubría mis materiales de estudio. Aparte de tener un trabajo de medio tiempo en una cafetería, solía ofrecer clases particulares a estudiantes tontos. Fue algo complicado, pero valió la pena. Los estadounidenses pagaban muy bien.

—Eres increíble, Brigitte —agregó Gary.

Su sonrisa era muy hermosa. No puedo evitar sonrojarme y poner mi rostro de babosa. Maldito Gary. Eres como una maldición.

—Bueno, chicos, los dejo solos. Debo saludar a los nuevos invitados y traer más cerveza del almacén. —Mei tocó mi hombro y el de Gary, y se fue.

Nos quedamos observando desde el balcón del dormitorio de Jason la hermosa ciudad de Nueva York. A nuestras espaldas se encontraba Sergey echado en la cama. Parecía un muerto.

—A veces pienso que de la boca de Sergey saldrá mucha espuma —comentó Gary.

Empiezo a reírme porque recordé una escena similar en una película de adolescentes malcriados, en donde una broma salió mal. Muy mal. Todo sucedió en una fiesta de adolescentes sin control.

—Y...

—¿Y...? —pregunto un poco curiosa.

—¿Sigues soltera... O tienes algún novio?

¡¿Qué esperas?! ¡Bésame, tonto! Sí que estaba tímido, pues su vaso se resbaló de su mano y cayó más de doce pisos hasta impactar con la pista. Gary pidió perdón, pero ni sabía a quién se lo dijo. Me volví a reír.

—Ya veo que has comenzado a sudar. ¿Por qué no me volviste a hablar? —le pregunté después de tomar un sorbo.

—¿Eh?... Pues... ¿Por qué no me volviste a hablar tú?

Es lo justo.

—Quizás fue por miedo —le respondo.

—¿Miedo? ¿Tuviste miedo? ¿Y eso por qué?

—Miedo a que me rechazaras.

Quise tomar otro sorbo, pero mi vaso ya estaba vacío otra vez. Gary solo se queda mirándome a los ojos. Sus lindos ojos verdes.

Sabe que a veces, al ofrecer mis servicios como tutora personal, pueden aceptarlos o rechazarlos. Es decir, es lógico que estaría acostumbrada a los rechazos.

—Pues prometo pedirte clases personalizadas para este último semestre.

—Ah, pues, claro. ¿Y de qué curso te gustaría? ¿Qué les enseñan a los que estudian programación? ¿Matemáticas? ¿Ciencias políticas? ¿Historia de la independencia de los Estados Unidos de América?

—Pues...

—Espera, ¿por qué el mejor estudiante de programación necesitaría de mi ayuda? Aquí hay algo raro. Algo no cuadra.

Gary empieza a tartamudear y se sonroja. Empiezo a mirarlo con tanta curiosidad solo para dominarlo de manera inofensiva. Su cara de sorprendido era tan tierna. Me derretía por dentro.

—Eres lo que quiero, Gary. Eres lo que más anhelo en mi vida.

Empiezo a acariciar la mejilla derecha de Gary. Se sentía demasiado nervioso, así que tuve que dar el primer paso. Las mujeres somos muy buenas en eso, ¿lo sabían? Lo llevamos en la sangre.

—¿Puedo...? ¿Podría...? —preguntaba él asustado con sus manos apuntándome.

—¿Quieres desabrochar mi blusa? Sí, te lo permito.

Agarro sus manos y las acerco a mí. Quiero que Gary sienta que le doy todo el derecho a que me toque. A que me haga lo que él siempre ha deseado hacerme en sus sueños.

Haciendo un poco a un lado a Sergey, nos echamos en la cama y vivimos una escena romántica al estilo de las películas de Hollywood. A veces teníamos que dar vueltas encima de Sergey.

Como siempre, decía cosas raras en ruso, pero es obvio que no le pudimos prestar atención. Estábamos muy enamorados.

Del todo desnudos en la cama *king-size* de Jason, Gary y yo estábamos abrazados. Por lo general, una relación toma semanas antes de tener sexo. Sin embargo, Gary y yo ya nos teníamos mucha hambre. ¿Cuántas noches de sexo se pierde una hermosa pareja solo porque no saben dar el paso?

Mi primera noche de sexo en Nueva York... Qué hermosa fue.

—Me dijeron que eras de Perú. Hermoso país.

—¿Tú naciste aquí en Nueva York?

—Sí. Toda mi vida estuve aquí. A veces quisiera salir a conocer algo totalmente diferente.

—Entonces quizás te guste Tarma.

—¿Tarma? Cuéntame más. ¿Cómo es ese lugar? ¿Es como las granjas en Texas?

—Es algo muy distinto. La llaman «La ciudad de las flores».

Le expliqué que se llamaba así debido a la abundancia de sus flores. Es una ciudad conocida por su belleza natural, con paisajes que incluyen montañas, lagos y bosques. Su aire es muy puro. También le conté que es una región con una rica historia y cultura; que escondía muchos misterios, algunos muy oscuros, y que suelen ocurrir cosas raras que no tienen explicación. Como cuando ves a una persona con un atuendo muy extraño, parpadeas y desaparece. Sí, eso es Tarma.

—Tarma es como Silent Hill... —Equiparó él—. Me gusta.

—¿Eso crees? No lo veo tanto así, en realidad. Interesante comparación.

—Me gusta la idea. ¿Me llevarás a Tarma algún día? Quizás sea una experiencia inolvidable para mí.

Sí que lo sería, Gary. Puedo imaginarme tus reacciones. Esas emociones que te alegran por ver unas simples llamas caminando por las sierras. El susto que te dará cuando amanezcas en tu primera mañana y veas tu nariz sangrar porque se está adaptando al clima de los Andes.

—Que sea nuestra luna de miel en ese lugar lleno de misterios —me dijo antes de besar, una vez más, mis pequeños labios.

En ese momento, ya Sergey había dado su último respiro.

VII. EL NICHO FUNERARIO

A las nueve de la mañana, el clima estaba nublado por completo. El cementerio general tarmeño abrió sus puertas. Rocío, Ataw y yo ingresamos. La llama llevaba en su lomo unos ramos de flores. Flores cosechadas por los mismos Wayra.

Unas personas con sus instrumentos musicales empiezan a tocar una canción de huayno frente a un nicho. Así es como lo hacemos en los pueblos andinos. Cantarles a los muertos es parte de nuestra tradición. La alegría nunca debe faltar. Los muertos quieren verte sonreír por ellos.

—Hoy es una mañana muy fría, como siempre. Este clima se ha vuelto muy loco. ¿Qué está ocurriendo en los Andes? ¿Malos espíritus? ¿Es esa bruja Aycha la culpable? —pregunta Rocío al momento de caminar juntas por el cementerio.

—Tal vez solo sea el cambio climático —le respondo—. En Nueva York, la gente se está muriendo de frío.

Algunos nichos tenían una decoración muy hermosa, con paredes de vidrio, y otros jarrones más detallados. Una niña pegaba una carta en un nicho. Se notaba que todos estos muertos eran muy queridos.

—¿Ya viste quién está ahí? —le pregunto a Rocío.

Era el anciano en silla de ruedas. Aquel tipo que vi en el festival tarmeño. Solo atinó a mirarme con un rostro de preocupación. Parecía un fantasma.

—No lo veo bien abrigado —comenté.

—Vino a ver a su esposa. Raras veces lo encuentro. Ni lo mires, cariño. Mejor sigamos.

—No puedo creer que me digas eso —repruebo—. ¿No te da pena que sea un anciano solitario?

—El padre Gómez y el señor Lozada son sus amigos o algo así. Cuando lo ven, le hacen compañía. Descuida, estará bien.

—¿El señor Lozada?

—Sí. Estuviste en el bar Pacha con José y Marcelino el otro día, ¿cierto? Espero que la hayan pasado bien. Ustedes eran muy buenos amigos. Se querían bastante. Aún recuerdo cómo José fue el que más le dolió enterarse que te fuiste a Lima para emprender tus sueños.

El señor Lozada. Ese viejo chismoso.

—Eso fue lo más duro de recordar en el bar Pacha, pero al final estoy aquí de regreso. Además, hablamos de las travesuras de Marcelino, los paseos escolares a Lima y de Pokémon, entre otras cosas.

Continuamos el recorrido hasta que llegamos a nuestro destino. Eran dos nichos juntos.

—¿Cómo estás, Elianora, madre? ¿Cómo estás, Paula, hermana? —les hablaba de rodillas.

El nicho de Paula tenía pegadas en todos lados muchas piedras brillosas y coloridas. Se veía muy bonito. Qué tierno gesto.

—La pequeña Dolores fue quien trajo esas piedras y las pegó con Gregorio —me informó Rocío—. Lo hizo cuando le dije que Paula era como una hija para mí. Es una niña tan buena.

—Lindo detalle. Le daré las gracias si la encuentro —le digo.

Me vuelvo a poner de rodillas y pongo las mismas cantidades de ramos de rosas en los nichos. Mi madre y mi hermana deben recibir el mismo aprecio. Sin embargo, algo no cuadraba.

—Rocío, ¿por qué el nicho de Paula ya tenía flores y no el de mi madre?

—Pues tal vez alguien se las llevó. A veces hay gente mala que olvida comprarle flores a sus seres queridos y roba los regalos de otros nichos.

—Paula tiene una foto y mi madre no.

—No lo sé. Había una foto de tu madre la última vez que vine aquí.

—¿Por qué la foto de Paula está partida a la mitad? Yo también salía en esta foto. Lo recuerdo muy bien. ¿Quién se llevó la otra mitad, en donde salgo? Se supone que mi hermana y yo éramos muy unidas.

Entonces, me pongo de pie y observo a Rocío. Detrás de ella se encontraba el español con el martillo incrustado en la cabeza. Me miraba con el rostro de un moribundo. Su piel estaba casi muerta. Sentí un pequeño escalofrío por todo mi cuerpo. Verlo de cerca no era lo mismo que tenerlo lejos.

—¿Qué pasa, Brigitte? —me preguntaba Rocío. Volteó, pero, como es lógico, no vio nada.

Miré a Ataw. La criatura se estaba acercando al español. ¿Lo puede ver? Parece que no le tiene miedo, solo se aproxima a él y olfatea su atuendo militar.

El español volteó y se retiró. Ahora Ataw se queda observándolo. Lo ve desaparecer entre la niebla.

Acerco mis oídos al nicho de mi madre y no escucho nada. No siento nada. Ni siquiera golpeando el nicho como si fuera una puerta.

—No sé qué intentas hacer, cariño, pero eso no es prudente.

—Lo sé. Perdóname.

—No hay nada que perdonar. Es la primera vez que ves el nicho de tu madre. Vamos, decóralo como tú quieras. Será divertido.

Ataw empieza a saltar. Rocío trata de calmarlo, pero la llama empieza a correr en círculos. ¿Qué le sucede ahora? Emprende la huida y desaparece entre la niebla.

—Es un placer verlas, señoritas —saludó Aycha.

—¿Qué haces aquí? —pregunta Rocío.

—Haciendo mi trabajo y dando un paseo a la vez —respondió la bruja.

—¿En el cementerio? —pregunté.

Aycha abre su canasta y retira unas hierbas.

—Estaba haciendo unos rituales breves en algunos nichos. Es parte de mi negocio. ¿No quieres que haga lo mismo para el nicho de Paula? —propuso Aycha sacudiendo un poco sus hierbas.

—No es necesario, Aycha —se anticipó Rocío.

—¿No? Qué lástima. Siempre es necesario rociar un poco de perfume andino a los muertos.

—Espera, ¿por qué ofreces eso para el nicho de Paula y no para el de mi madre Elianora?

Aycha se ríe un poco y luego guarda sus hierbas en la canasta.

—No seas tonta, niña. Estos rituales no se hacen en nichos vacíos.

—¡Aycha!... —exclamó Rocío.

—Vayan con cuidado, señoritas. Las dejo. Ah, Brigitte, cuando puedas, pásate por mi casa para leerte el futuro. Con permiso.

—Ella no irá —dijo Rocío con firmeza.

«Mi futuro...» —me dije.

Aycha se retira.

—Esa bruja siempre molestando a los demás. Aún sigo un poco disgustada contigo por haber ido a su casa —me reprendió Rocío.

Empezamos a escuchar otro huayno, pero esta vez era más fuerte. Un grupo de personas estaba cargando un ataúd. Bailaban con los vasos de cerveza en sus manos. Se les veía felices y tristes a la vez. Era difícil de explicar.

Con rapidez, Rocío se acerca a una mujer joven que no bailaba, solo lloraba.

—¿Maricarmen? ¿Qué es lo que ha pasado? ¿Quién ha muerto?

—Mi papá murió.

—¿Gerardo? ¿Cómo así?

—Se suicidó... ¡Se suicidó!

La joven vuelve a llorar de manera desconsolada y Rocío la abraza con todas sus fuerzas. Le daba todo su pésame.

—¿Cómo sucedió? —pregunta Rocío.

—Lo encontraron degollado en el comedor del manicomio, en la noche. Estuvo gritando desesperado como lo hacía otras noches.

—¿Qué era lo que tenía?

—No lo sabemos con certeza. Antes, mi tía lo llamaba desde Lima. Siempre discutían, peleaban por su hermano. Mi padre ya no podía más. Todo lo estresaba bastante y acabó con su vida.

—¿Tu tía no está aquí?

—Ella no quiso venir. No lo quiere ver ni muerto. Lo odia. Tanto estrés lo enloqueció. Mi padre decía que en las noches solía ver a su hermano, con quien nunca se llevó bien.

—¿Tenía un hermano? Pensé que solo tenía una hermana. Yo ni enterada.

—Sí, era también de Lima. Pelearon por un terreno en Arequipa. Mi padre me rogaba que no lo dejara solo en las noches porque decía que su hermano venía por él para intentar matarlo. Venía hacia mí con heridas en su cuerpo. Eran cortes. Lo llevamos al hospital, pero nada pudieron hacer con él. Lo único que me recomendaron fue encerrarlo en un manicomio.

Tomó aire para relajarse. Cuando Rocío aún la abrazaba, la joven continuó hablando.

—Antes de que se lo llevaran al manicomio, mi padre me confesó que había matado a su hermano durante la disputa del terreno. Mi tía le juró que se vengaría por eso... Nunca debí dejar que se lo llevaran. Los doctores me dijeron que siempre lo encontraban mirando la ventana con un objeto filudo, hecho por él, en su mano. Lo llevé al hospital el día en que me dijo que la noche era roja. Ahí mi madre y yo nos dimos cuenta de que mi papá había perdido la razón.

Cuando le comenté a una psicóloga mi situación, tampoco supo qué hacer. Era la primera vez que había escuchado mi caso. Sin embargo, ella no me mandó a encerrarme en un manicomio. Tan solo dijo que consultaría mi caso a un centro especializado ubicado en Chicago. Sus análisis indicaban que mi mente estaba bien. El poder de los Andes es de verdad increíble. Aún sigo esperando la respuesta de la doctora en mi correo electrónico.

La noche roja. Al voltear, puedo ver un poco a Aycha en la entrada, ya que la niebla se había atenuado un poco. Ella observaba a todos aquellos que lloraban. Noté que no le importaban ni un poco las lágrimas de Maricarmen y su madre. Supongo que ya debe estar acostumbrada desde hace mucho tiempo.

—Recuerda venir a visitarme a mí en mi cafetería cuando puedas. No estás sola, cariño mío —consolaba Rocío a la par que secaba las lágrimas de la joven.

Maricarmen regresa al grupo para continuar con el recorrido del difunto hasta llegar a su nicho.

Nichos. Nichos. Me pongo a observar todos estos nichos. ¿Cuántos aquí habrán muerto por culpa de los Poma? ¿Cuántos de aquí han sido víctimas de esta magia oscura de los Andes?

VIII. AQUELLOS QUE PECAN

El santuario del Señor de Muruhuay se llenó hasta alcanzar el número máximo de visitantes, pero Rocío y yo conseguimos asientos adentro. Las campanas sonaron y el sacerdote Gómez salió al altar para comenzar el sagrado ritual.

No quería voltear la mirada. No porque no quisiera que notaran la herida en mi frente, sino porque no quería que me vieran a mí. Era demasiado que algunos me vieran y corrieran como si algo los fuera a asesinar a sangre fría.

Ahora todos empezamos a cantar. Mientras lo hacíamos, el padre Gómez fijó su mirada en mis ojos. Se impactó por unos segundos, pero reaccionó para no perder la concentración. Quizás sabía mi motivo principal para venir aquí.

—¿Cómo estás, Rocío? Muy agradecido por las flores. Siempre con tus buenas actitudes —dijo el sacerdote.

—Gracias, padre. Como ya se habrá dado cuenta, Brigitte... —intentó argumentar Rocío.

—Sí, la vi. Se quedó adentro del santuario. Está sola. Me está esperando.

—Dejaré las flores en alguna parte del jardín y regaré algunas plantas. Esperaré a Brigitte.

El sacerdote ingresó al santuario y me encontró observando la enorme pintura del Señor de Muruhuay. Respiró hondo y se acercó a mí.

—Es bueno que te encuentres bien, mi niña. Dime, ¿cómo sientes tu herida?

—No es nada grave. ¿Usted quería que este golpe me matara?

—Jamás, niña. No vuelvas a decir una cosa así. No se le debe desear la muerte a nadie, ni siquiera al peor enemigo.

—Es verdad, padre. Siempre solía decir eso cada domingo. No debemos deseársela a nuestros enemigos, basta con huir y escondernos de ellos. A veces, algunos llevan un enorme machete en su mano. Aun así, creo que debemos dejar que los enemigos nos odien hasta vernos morir.

El padre Gómez ignoró mis palabras, se dirigió a la enorme pintura, la tocó y empezó a persignarse.

—Padre, dígame, ¿sabe dónde está mi madre? —le pregunto.

—Ella está con Dios, niña. Está en paz. Rezo casi siempre por ella. Elianora era como una amiga para mí. Nunca olvidaré cómo le compraba flores a los Chipana y las traía junto con Rocío. Hermosos y memorables momentos cuando nos apoyaron con la recaudación de fondos para...

—¿Dónde está mi madre... su cuerpo?

—¿Pero de qué estás hablando?

—Fui al Cementerio General de Tarma ayer.

—Eso es muy bueno.

—Encontré su nicho. Solo tenía su nombre y su fecha de muerte. Nada más. No obstante, recé por ella. Recé como ella y usted me enseñaron, pero después, no sé por qué tuve el presentimiento de que algo no andaba bien.

—¿Qué pasó? ¿Has visto algo extraño? —pregunta y sigue limpiando el cáliz de su altar.

—Rompí el nicho.

En ese momento, el cáliz se deslizó de sus manos, pero por suerte lo atrapó antes de que impactara en el suelo.

—¡¿En qué rayos estabas pensando, niña?! —me habló con molestia

—Su cuerpo no estaba ahí. Era un nicho vacío.

—¿Sabes lo que has cometido? ¡Un delito!

—¿Dónde está el cuerpo de mi madre? ¡Usted lo sabe!

—¡Silencio, niña! No sabes lo que dices. No debiste hacer una cosa así. ¿Sabes que te pueden arrestar por eso?

—Estamos en Perú. Aquí no te arrestarían ni por abuso sexual a una menor de edad, así muestres pruebas.

—¡No digas esas cosas en la casa de Dios!

—¿Dónde está el cuerpo de mi madre? Mentir es malo, padre.

—¡No te lo voy a decir! Ahora mismo vendrás conmigo a confesarte y, luego, te llevaré a la comisaría. Parece que has adoptado malas costumbres en Nueva York.

—¡Ah, caíste! Nunca rompí ningún nicho. Es más, no es algo fácil de hacer, sobre todo para mí, que soy una mujer delgada y débil.

No fue difícil engañar al viejo. En seguida, ingresé por una puerta a un sitio en donde solo el personal autorizado es admisible.

—¡No, no entres ahí, niña! ¡Te lo ordeno! —gritaba el sacerdote señalándome.

Como una niña maleducada o caprichosa, desobedecí sus órdenes, pues tan solo quería buscar la verdad. ¿Qué hay de malo en eso?

Los pasillos del santuario estaban pintados de blanco y tenían muros de piedra. Nunca había pasado por aquí antes. De niña, mis padres me decían que en la casa de Dios no se puede merodear como en una casa cualquiera.

—¡No, no abras esa puerta! —me ordenó el sacerdote, quien me apuntaba con el dedo. Pero otra vez lo ignoré.

La abrí. Quizás no debí haberlo hecho. Era un dormitorio pequeño que contenía una cama vacía y una silla de ruedas con un cadáver en él. Era mi madre en huesos. Ya no había carne putrefacta y el olor que esparcía no era nauseabundo, aunque sí era algo raro.

¿Acaso siento que se me quiere salir el corazón por la boca? ¿Por qué alguien haría algo así? ¿Quién podría ser capaz de ver a un ser querido de esta forma?

Sí, tenía una boca bien sana, pero, por alguna razón, no podía gritar. En ese instante, el padre Gómez jaló mi mano y cerró la puerta para volver a dejar el cadáver solo. Esperen... No era el corazón lo que quería salir de mi boca. Era solo algo de vómito. Me lo tuve que volver a tragar.

—¡Suéltame! —le grité.

—Brigitte, no pienses mal de nosotros —pedía el sacerdote.

—¡¿De nosotros?! —resalté.

El sacerdote empezó a tartamudear. Así que me retiré de los pasillos para volver a la nave del santuario. Allí encontré a Ataw mirando la enorme pintura del Señor de Muruhuay.

—¡¿Y tú qué mierda haces aquí?! ¡¿También eres cómplice de esto o eres tan inteligente que también sabes confesar tus pecados?! —le grité llorando.

Ataw solo daba un paso hacia atrás y me miraba con ojos neutros. Desde la entrada principal, ingresaron Rocío, Wayra y Killari. Todos me miraban preocupados.

—Pequeña, ¿por qué lloras tanto? —Rocío sostenía mis mejillas con sus manos, pero se las quité de forma brusca.

—¡Ustedes ya lo sabían, ¿cierto?!

—¿D... de qué hablas? —balbuceó Rocío.

—¡Mi madre está aquí, escondida y muerta en este santuario! ¡La acabo de ver! Ya no tiene carne... ¿Por qué hicieron algo así?

—No, no es así, Brigitte. Tú lo imaginaste. Estás traumada por tus pasados. Lo noté todo este tiempo mientras vivías en mi casa —intentó justificar Rocío en medio de la desesperación.

—¡Basta, Rocío! —le dijo Killari sosteniendo la mano de su marido.

—Todos somos cómplices de lo que acabas de ver, mi niña. Me siento culpable por esto. Todos lo estamos... Él no quería que tu madre fuera puesta en un nicho.

—Te refieres a él... Mi...

—Así es. Máximo, tu padre.

El sacerdote Gómez suspiró y se unió a la conversación. Rocío aún estaba llorando.

—Mi pequeña, no culpes a Rocío por esto. Ni ella ni ninguno de nosotros estaba de acuerdo con esto, pero tu padre... —Killari se detuvo. Aún sostenía la mano de su marido, pero ahora con mucha fuerza.

—Brigitte, tú más que nadie sabes lo peligroso que es ese hombre. Nadie quiere hacerle frente. Tarma vive aterrada desde el día en que nos abandonaste —intervino Wayra.

—¡No!... Yo no los abandoné a ustedes. No es así... —les dije un tanto desesperada.

—Ya no podíamos ocultar nuestros miedos, Rocío. Aclarar estas cosas es lo mejor —le dijo Killari sobando su espalda.

Ataw se acercó a Rocío y empezó a acariciarla cerca de sus ojos con el hocico, como para secar sus lágrimas. Ella respondió acariciándolo.

—Elianora... Ella siempre fue y será mi mejor amiga, mi alma gemela. Éramos una familia en esta pequeña ciudad rodeada de flores... Pero aquella tragedia fue lo que ocasionó todo este infierno. Fue el detonante. Incluso después de haberle jurado que la protegería como una hermana, no pude enfrentar a Máximo. Ese hombre se ha vuelto un caos —dijo Rocío.

—Es más que eso... —se inmiscuyó una señora de estatura baja desde la puerta principal del santuario—. Es el diablo que ambula por la Perla de los Andes.

Reconocí muy bien esa voz antes de voltear. Era Nelly, acompañada de su pequeña familia. Se acercaron a mí.

—Y por tu culpa —añadió ella—, mi familia vive años de terror e injusticia. Tu maldito padre ¡aún anda suelto en esta ciudad, como Pedro en su casa, con su machete en mano y con sangre! ¡Es terrorífico e indignante!

Si supiera qué terrorífico sería ver el cielo rojo en las noches y a los españoles merodeando en esta ciudad. Ah, y no olviden cómo fue regresar en avión a Lima.

—No le hagas daño, Nelly —intercedió el padre Gómez poniéndose frente a mí—. Recuerda que estás en la casa de Dios.

—Tantos años buscando justicia y nadie me la quiere dar. ¡¿Cómo es posible que hasta la pequeña policía que tenemos aquí le tiene miedo a ese hombre de mierda?!

—Nelly, ¡contrólate! —le exigió Killari.

De forma brusca, Nelly jaló del brazo a uno de sus hijos mayores y se lo mostró a Brigitte.

—¡Mira cómo quedó el brazo de mi hijo! ¡Estaba a punto de partirse en dos cuando llegó corriendo a casa! ¡Y mira a mi hermano! ¡Perdió el dedo índice! —gritó Nelly.

—Ay, no exagere, doña Nelly. Además, ¿acaso no les enseñó a sus hijos a no meterse en casas ajenas? ¡Eso fue invasión! —acusó Killari.

—¡Usted no se meta, vieja metiche! ¡¿Cómo tiene el descaro de seguir asistiendo a este santuario después de que la iglesia la destituyera de ser monja?! ¡Encima tiene al responsable de su grave error ahí a su lado! ¡Qué vergüenza! —dijo Nelly.

Wayra, a quien se notaba muy avergonzado, miró hacia otro lado. Killari aún permanecía aferrada a la mano de su marido.

—Wayra no es ningún error. Es el hombre que yo amo. Es mi mari...

—¡Eso a nadie le importa! ¿Te das cuenta, Brigitte, de toda la pesadilla que estamos viviendo en carne propia por tu culpa?

—¿Cómo? ¿Mi culpa dices? —me reí.

Es como si la vieja enana no quisiera aceptar ciertos detalles. Esto ya es el colmo. Que se joda.

—Qué bien le queda esa enorme cicatriz en el brazo a ese hijo tuyo. En Nueva York, las chicas aman a los hombres así, pues las cicatrices los hacen ver muy rudos. También lamento que tu hermano haya perdido un dedo. Sin embargo, agradece que tus familiares tontos están con vida y con solo unos «pequeños rasguños», si no hubieran quedado como ¡el hijo de perra malparido de tu marido! —le grité al final.

Nelly se queda en *shock* y, segundos después, intenta agredirme. Su familia la aleja y, por alguna razón, la llama se posiciona detrás de mí.

—Si usted quiere algún tipo de disculpa de mi parte o de mi padre, está muy equivocada. ¡Váyase al diablo!

—¡Brigitte, no! —me reclama el sacerdote.

—Lo siento, padre. Creo que es mejor retirarme. ¡Y no se molesten en acompañarme, pues prefiero ir sola!

Cuando era pequeña, todos los domingos mi familia y yo salíamos de buen humor del Santuario del Señor de Muruhuay. Ahora salgo toda encabronada. No tengo por qué soportar todo esto. Es decir, no tenía a dónde más ir, y todo por culpa del desgraciado de Gary. Si estoy aquí de nuevo, es gracias a él.

—Brigitte... —Oí una voz detrás de un auto estacionado.

Resulta que era el señor en silla de ruedas, el que me observaba en el carnaval y en el cementerio. Parece que le gusta mucho espiarme. Maldito anciano, ¿quieres verme desnuda o algo así? ¿Ya le llegó la edad del viejo mañoso?

—Por favor, no huyas de mí, pequeña —me suplicó—. Ya no puedo más. Mis brazos están muy agotados. Solo tú puedes ayudarme.

Maldición, ¡¿por qué todos se refieren a mí como una niña?! Tengo 28 años. Y no, a las peruanas no nos gusta que nos pregunten nuestra edad.

—Lo siento. Verlo no me hace sentir bien, y no lo digo por usted. Es por su silla de ruedas. De hecho, creo que no lo podría ver igual desde hoy —le digo con los brazos cruzados.

Su nombre era Oqariq, el último pishtaco vivo en el mundo. O eso espero.

—Por favor, Brigitte, dime dónde está mi hija. ¿Dónde está Natalia? Sé que tú lo sabes. Tú la contactaste para irte a vivir con ella y pedirle que te ayudara con tu papeleo para así tramitar tu beca para la Universidad de Nueva York. Sí, solo Natalia te pudo haber ayudado.

—¿Cómo sabe todo eso? ¡¿Me ha estado investigando?! ¡De seguro fue el señor Lozada! Da igual. No es un buen momento. Me retiro.

—Ayúdame, por favor.

Nada había cambiado. Después de ir a la iglesia cada domingo, me daba cuenta de que Oqariq siempre observaba desde afuera del santuario, pues sabía que su presencia adentro nunca sería bien vista. Solo el padre Gómez lo recibía una vez que todos abandonaban el santuario. «No vayas a jugar afuera de la casa, Brigitte, pues el señor Oqariq podría estar cerca», me advertía mi madre, ahora que recuerdo bien.

—Ella vive en Lima —hablé sin mirarlo a los ojos.

—¿En Lima? ¿En qué parte? ¡Dímelo, por favor! —me rogaba el viejo, pero no podía decirle más.

Me retiré sin decirle adiós. Acto seguido, el viejo Oqariq se desespera y evita que me aleje sujetándome por el brazo. Estaba siendo algo brusco.

—¡No, no te vayas! ¡Dime dónde está mi hija!

—¡Le digo que no sé! Ya, suélteme, ¡por favor! —Sin hacer esfuerzo por zafarme, le imploraba que me soltara. Tenía el temor de lastimarlo.

—Estoy muy solo. ¡Ayúdame! —rogó en voz alta. Empezó a llorar.

De la nada, aparece Marcelino y golpea al señor Oqariq, quien cae de su silla de ruedas. Una vez en el suelo, lo pateó en el abdomen numerosas veces.

—¡¿Cómo te atreves?! ¡Detente! —le grité a Marcelino, después de empujarlo.

—Él te iba a matar. ¿Cómo dejas que se te acerque? ¡Es un asesino peligroso!

—¡¿Y acaso mi padre no lo es también?!

Marcelino se quedó mudo y algo arrepentido. El viejo se sobaba su abdomen y gemía de dolor.

—No te quedes ahí parado y ayúdame, ¡ahora! Es lo mínimo que puedes hacer luego de tan lamentable acción.

Con la ayuda de Marcelino, pude poner al señor Oqariq de vuelta en su silla de ruedas. Apenas terminamos, se alejó de nosotros lo más rápido que pudo. Quizás se asustó o confirmó la información que necesitaba sobre su hija.

—Oye, Brigitte, yo solo te quería proteger.

Y le lanzo una bofetada.

—Sí, un tipo en silla de ruedas, muy anciano y débil me podía haber asesinado. ¡¿Qué pasaría si hubiera sido mi padre con su largo machete?! ¡¿Crees que hubieras tenido el coraje de enfrentarlo?! ¡Claro que no! ¡Mide casi dos metros! Solo te queda huir y esconderte.

—Nadie se quiere cruzar en su camino. Es muy peli…

—¡No vuelvas a hacer una cosa así! Estoy muy disgustada contigo.

—…Yo solo quiero que estés segura aquí. Me importas mucho —insistió Marcelino.

Apenas lo escuché de espaldas, lo desdeñé y me dirigí hacia una avenida más transitada. Solo pensé en ese momento que era lo mejor. Marcelino siempre era muy brusco, como su padre lo era con algunos otros tarmeños. El hombre con el martillo incrustado en la cabeza me observaba desde lejos.

IX. THEODORE

Brigitte se paseaba por las habitaciones de su nuevo departamento en Nueva York, ubicado en el piso veintidós. Era algo pequeño, pero muy acogedor. Observaba la noche desde su balcón. Las noches en Nueva York eran como de otro mundo.

Desde la cocina, se escuchó un corto sonido. Brigitte apagó la cafetera y se sirvió una taza de café puro. Tenía un olor muy bueno y fuerte. Tan solo miraba el humo que salía del líquido y ahora se quedó pensando.

Unas llaves sonaron en la puerta de entrada, era Gary, ahora su marido. Ella comenzó a tirar al fregadero el contenido de café de su taza y de la cafetera.

—Hola, amor. ¿Cómo te encuentras hoy? —me saludó Gary con un beso en los labios. Gary llevaba puesto un terno. Qué apuesto se ve.

—Me temo que no podré estar más tiempo. Tengo una reunión de último minuto de la empresa en otro lugar.

—¿Otra vez a esta hora?

—Sí, a estas horas siempre se realizan las reuniones debido a los inversionistas extranjeros. Tal parece que mi proyecto va a ser elegido... ¿No estás molesta, verdad? ¿Huele a café?

—Es un aromatizante que compré en Chinatown. También tenían unos con olor a cigarro. Cosas raras, pero algo útiles, creo. ¿Y cómo podría estar molesta contigo, tontito, si todo te está yendo bien? Felicidades.

Sostengo sus manos y lo llevo a la sala. Los muebles de cuero aún olían a nuevo. Sentí un poco de náuseas.

—¿Segura que estás bien? —me pregunta con preocupación—. Puedo quedarme contigo.

—Sí, esto es normal. Tú ve, date una ducha y péinate muy bien.

Mientras Gary se ducha, yo vuelvo a observar la luna. Podía escuchar las sirenas de la policía y de las ambulancias. Hoy dijeron en las noticias que ocurrían más saqueos en tiendas de alta gama y asesinatos brutales cometidos por neoyorquinos de nacimiento. Sí, así mismo lo dijo la conductora. No miento. Se le veía muy indignada.

—Listo. ¿Qué te parece este estilo? ¿Parezco un tipo que va a presentar su segundo y exitoso software?

—Pareces... simplemente Gary.

—¿Simplemente Gary?

—Gary, el perfecto. Gary, el insuperable. Gary, la perfección en carne y hueso.

—Tampoco exageres —se ríe él.

—Gary, mi marido. Gary, mi felicidad.

Él me sonríe, acaricia mi cabello, besa mis labios y mi vientre.

—Ustedes dos son mis más grandes tesoros. Siempre serán el motor de mi vida.

—Gary...

—¿Te está gustando el nuevo departamento? Te prometo que compraré uno más grande en un año. Con mis nuevos proyectos que tengo en mente, sé que lo conseguiremos. ¿Qué te parece una hermosa casa gigante en los suburbios? Sí, ese es el espacio que necesitamos. He visto una en Nueva Jersey.

—Gary...

—Lo sé. Lo sé. Últimamente pienso muchas cosas, pero todo lo hago pensando en ti y en mi futuro hijo. Quiero darles lo mejor.

—Recuerda que ya hiciste demasiado comprando tú solo este departamento, pues no me dejaste apoyarte ni con un centavo.

—¡Claro que no! Un hombre de verdad debe esforzarse para darle una vida digna a su familia.

—Y ya lo hiciste, amor. Eres increíble... —acaricio su mejilla—. Pero recuerda que tienes que resolver el problema con tus padres.

Gary me retira la mano con suavidad y camina hacia el balcón. Me pongo a su costado y me apoyo en su brazo izquierdo.

—No lo hagas por mí. Hazlo por tu hijo. Él debe crecer con sus abuelos. No podemos ser solo tú y yo. Quién sabe las cosas que nos podrían ocurrir en un futuro. Debemos estar listos para todo.

—¿En realidad no podemos tú y yo ser su única familia?

—Una abuela es una segunda madre. Además, yo no me siento ofendida por esa vez.

—Brigitte, yo no puedo volver a dirigirles la palabra después de ver cómo te humillaron. Lo siento. Además, mira lo que tenemos ahora. No dependemos ya de ellos. Me esforcé demasiado para poder conseguirlo. ¿Te das cuenta? Ahora son ellos los que tienen que venir a mi departamento, tocar mi timbre y pedirme perdón. Sobre todo a ti. Sé que lo harán.

Prefiero no seguir insistiendo y me pongo a atar su corbata roja.

—No me daré por vencida. La familia siempre debe estar unida. Los lazos nunca se deben romper.

—Tú extrañas mucho a tus padres, ¿verdad? —me pregunta.

—...Sí... los extraño mucho... Deberías agradecerle a Dios que tus padres aún siguen con vida.

—Ojalá pudiera sentir ese gran amor que tú sientes hacia ellos. Allá en Perú, el amor de una familia debe ser intenso, ¿cierto? Nuestras costumbres son diferentes, pero no lejanas.

—¿Ya viste la hora? ¡Apúrate!

—¡*Shit*! Trataré de llegar antes de la medianoche, ¡lo prometo!

—No, no lo harás, porque sé que te irá bien y después te irás a tomar cerveza con tus amigos por Times Square. Así que hazlo, pues, como dijiste antes, tus éxitos son muy difíciles de conseguir.

—Eres un ángel. ¡Adiós! —Me besó en la mejilla.

—¡Tu maletín! —le grité. Corrí a la entrada y se lo di.

Al quedar sola, enciendo la televisión. Aparece una mujer llorando en un noticiero. Comenta lo duro que fue migrar a Nueva York y trabajar tan fuerte con su marido para poder comprarse su pequeña casa de una sola habitación. No sabía qué sería de ella y su familia, si su casa también llegara a desaparecer. Suplicaba por ayuda al gobierno. Ojalá fuera la única.

Apagué de nuevo el televisor. Fue lo mejor. Era mucho drama para una mujer embarazada.

—Toma esto. Es un té chino muy especial. Te calmará mucho el estrés que debes estar sintiendo. Algo natural, claro. Siéntate, amiga —me invitó Claudette. Enseguida se sentó en su sofá.

Claudette es una amiga que vive dos pisos abajo de mi casa. Nos hicimos amigas pocos días después de mudarnos aquí. Se puso tan contenta cuando le comenté que sería madre por primera vez. Me pidió ser la madrina del bebé.

—¿Dónde está tu hija Maya? —le pregunto con la taza en mis manos.

—Está con sus abuelos. Mi padre la está enseñando a tocar el piano. Me dijo que es muy buena, que tiene gran talento.

—Me alegra mucho saberlo.

—De verdad que sí. Los jóvenes de hoy en día ya no aprecian la buena música. Solo alaban música generada por completo con tecnología. Algo me dice que mi hija Maya se casará con un robot cuando sea más vieja.

—No digas eso, Clau. Estás exagerando.

—Es que los hombres perfectos ya no existen, así que ahora la tecnología avanza muy rápido para que tú misma los puedas diseñar y personalizar… Suena a algo que hay que probar, ¿no crees? —Luego de lanzarme esta pregunta, ingirió una galleta de soda.

Ella tenía unas ideas muy alocadas, pero interesantes. La decoración de su departamento era muy sencilla y había animales disecados por todas partes. Su marido solía ser cazador en su tiempo libre.

—Sin embargo, tú, Brigitte, amiga, tienes mucha suerte en tener a alguien como Gary. No necesitas la compañía de una inteligencia artificial. Te tengo mucha envidia, de la buena, claro. Mándale mis saludos cuando puedas.

Claudette se ríe, toma un sorbo de su té y enciende la televisión. El noticiero mostraba un grupo grande de manifestantes en las afueras del ayuntamiento de Nueva York.

«NEW YORK IS ALL AMERICA» decía en uno de los letreros de los manifestantes.

—¿Es cosa mía o esto está empeorando cada vez más? —preguntó.

—Solo es gente tonta que cree en estupideces. Gente que ha perdido la cabeza.

—¿Crees que nada de eso pasará?

—En unos años, yo veré Nueva York como siempre, una hermosa y exitosa ciudad... Solo que con más ratas que antes. Bueno, nada es perfecto. O sea, ¿qué ciudad lo es? Ninguna. Tonto quien crea que hay una.

Le quería contar que el día de ayer estuve en una tienda de alta gama observando la nueva mercancía que había llegado. Quería matar el tiempo, pues me estaba aburriendo en casa. De repente, un grupo de personas se había metido a robar toda la mercancía que pudieron, y el guardia no hizo nada. Apenas les pidió a los clientes que se tranquilizaran, que esos tipos no iban a robarles sus pertenencias. Sin embargo, decidí guardar silencio porque no quería ver a Claudette preocupada por mí, ya que me quería mucho.

—¿Ya viste lo que pasó en Minnesota?

—No. ¿Qué pasó?

—Encontraron a una bebita muerta en un tacho de basura. Su propia madre la había tirado allí a pocos minutos de haber nacido.

—¡Qué barbaridad!

—Resulta que era una adolescente de catorce años. Dio a luz sola en su casa y pensó que sería fácil engañar a la policía diciéndoles que nació muerta. Se equivocó. Pobre criatura.

—¿La niña?

—¿Cuál de las dos? Desde luego, me refiero a la bebé recién nacida. Ahora la niña tonta deberá esperar a cumplir la mayoría de edad para ser juzgada... Espera, estamos en América, se va a ir ahora mismo a la cárcel a comer cigarrillos junto con las latinas. ¿En qué se está convirtiendo el mundo...? ¡Ay!, sin ofender, amiga. —Se cubrió la boca.

Mi celular empezó a vibrar. Era un mensaje de mi doctor, así que me dirigí al baño de Claudette para leerlo. Me puse muy nerviosa.

Estimada Brigitte:

Llegaron a mi escritorio los resultados de los exámenes y lamento informarle que, una vez más, no tengo buenas noticias. La ecografía sigue mostrando malformaciones en el feto de las que ya habíamos hablado antes. La siguiente imagen que verá a continuación muestra el mismo resultado que la vez pasada. Le doy mi palabra de que no es la misma foto.

Si la foto iba a ser casi la misma, entonces no quería verla. Esperaba que esto fuera un mal sueño. ¿Acaso estoy siendo castigada? ¿He cometido pecados mortales? ¿Qué diría Gary al respecto? Maldición… Yo no puedo con esto. Tan sencillo como que no puedo. Quiero llorar, pero ahora mismo no estoy en el lugar correcto… ¡Mierda!

—¿Brigitte, te encuentras bien? ¿Quieres más té? —oí que me preguntaba Claudette desde la sala.

—Es Gary… Me dijo que ya está en camino… Me necesita y… —apenas alcancé a decir al salir del baño con la cara lavada.

En ese momento, un aparato empezó a sonar desde otra habitación. La taza cayó de las manos de Claudette. Ella se fue corriendo a la habitación y yo hice lo mismo. Allí estaba Alvin, tendido en su cama. Su cuerpo se sacudía con intensidad. Estaba convulsionando, observé cómo se ahogaba.

—¡Brigitte, no te quedes allí! ¡Sostén a Alvin de su espalda y mantenlo sentado!

Me había quedado impactada, pero reaccioné e hice lo que Claudette me pidió mientras ella modificaba la máquina que estaba conectada a Alvin.

Tocar al pequeño Alvin me dio mucho miedo. Su piel se sentía muy fría. Me ponía muy nerviosa… ¿o quizás era asco? Espero que no. ¿Por qué sentiría una cosa así? No entiendo qué me pasa.

—Tranquilo, mi pequeño. Mamá ya está aquí —le dijo a su hijo, quien volvía a estar quieto, pero no le respondía. Estaba algo helado y no cerraba la boca.

Me retiré corriendo del departamento de Claudette, cubriéndome la boca y sin decirle adiós ni gracias por el té chino o turco.

Una vez en mi propio baño, vomité como nunca antes lo había hecho. Después, me lavé la boca con mucho jabón. Intenté relajarme. Solo relajarme para pensar y pensar. Solo el tiempo curará todo esto, ¿cierto?... Entonces, me puse a gritar.

—¿De verdad tienes ganas de nacer? —le pregunté al espejo secándome las lágrimas.

¿En realidad es esta la vida que tendré? ¿En serio quieres nacer para... joderme la vida, eh? ¿Qué te sucede?

De forma violenta, golpeé mi vientre con mis puños.

—¡Háblame! ¡¿Para qué mierda quieres nacer como un maldito monstruo?! ¡Yo no quiero esta maldita vida! —gritaba como una loca.

Ahora solo me siento en el excusado, llorando. Pensaba en cómo sería mi vida si me fuera a la cárcel como la adolescente tonta de Minnesota. El país en donde vivo ya no me permite tomar decisiones que involucren mi propio cuerpo. Me sentí condenada o atrapada con esto que se estaba formando dentro de mí. O debería decir malformando.

El timbre sonó. Voy a abrir la puerta y me encuentro con un joven muy extraño que llevaba una gorra y una capucha. Vestía un atuendo muy callejero. Sus ojos eran... del todo blancos y vacíos. Me asusté por un segundo cuando lo vi. ¿Estará usando lentes de contacto? Es la primera vez que aquí veo a alguien así. De tanta gente rara que conocí en la Gran Manzana, nunca había visto a alguien como él.

—No me digas tu nombre. Solo dime la contraseña que la Señora Fuego te dijo —me habló con la mirada hacia abajo. Ocultaba sus ojos, pero ya los había visto.

—*Kikin destinoypa patronmi kani* —le respondí.

Sí, sus ojos se parecían mucho a los de la Señora Fuego. Entonces, el joven extraño se quita la capucha y vuelve a levantar la mirada para, después, entregarme la caja.

—*Atiyniyoqmi kasun* —me dijo.

Se puso su capucha y se retiró sin decir adiós ni esperar para recibir una propina. Qué amable, pero qué raro es.

Abrí la caja y dentro había una botella con un líquido rojo muy raro. Parecía haber mucho polvo en su interior. Sucede que no sé cómo describir su contenido. Es... extraño, pero lo cierto es que era mi única salvación, según me comentó esa bruja horrenda. Dentro de la caja había un pedazo de papel con una nota escrita.

Mis ancestros crearon esta magia con el fin de ayudar a sus seres queridos. Aquellos que vivían con el poder en sus manos blancas vivieron el infierno en carne propia después de consumir esta magia. Aun conociendo estos efectos, las amigas de mis ancestros decidieron beberlo porque, para ellas, el infierno mismo era aquello que se estaba formando en sus vientres. Esto desvanecerá el producto que escondes dentro de ti como una hierba siendo quemada y botarás tan solo las cenizas. Gracias por confiar en mí, pero te recomiendo que ahora lo pienses de nuevo antes de beber todo el contenido de este milagro. Recuerda que, una vez ingerido esto, sentirás...

No sabía qué hacer. Caminaba por todo mi departamento con el frasco en las manos y pensaba en todo tipo de cosas. O sea, mi vientre, para la policía americana, habría desaparecido como por arte de magia y no tendrían pruebas de que yo me deshice de él.

«Noticia de último minuto: los manifestantes acaban de ingresar de forma violenta al ayuntamiento de Nueva York. La policía está interviniendo a algunos manifestantes con golpes. ¡Se escuchan disparos! Parece... ¡Acaban de disparar a un policía! ¡Nos están amenazando!» —gritaba la reportera.

Se perdió la señal. Era como si el camarógrafo hubiera recibido un impacto de bala... O quizás lo recibió la reportera. Los conductores del noticiero no sabían qué decir. Esto ya era demasiado. Así que apagué el televisor. No me gusta escuchar los sonidos de disparos. Odio las armas de fuego. No me atrevería a usar una nunca.

De nuevo me miro en el espejo de mi baño y respiro hondo.

—Lo lamento mucho, pero no puedo permitir que sufras. Si te dejo nacer, este mundo será muy cruel contigo. La gente de ahora es maléfica y juzga cualquier cosa que ve. Solo quiero que encuentres paz... Cuídate mucho, Theodore. —Me ardían los ojos al hablar. Y bebí el frasco de un solo sorbo.

Pues, esto no tiene sabor… Esto sabe a agua. Pensé que con el color rojo esto sabría a manzana, fresa o cerezas. Es raro… Pero ¿por qué siento que de repente todo está tan silencioso? ¿Qué ha pasado?

Cuando iba a abrir la puerta de mi baño para salir, sentí de golpe un fuerte dolor en el estómago y, a la vez, un gran mareo. Comencé a ver todo borroso. Cuando me desvanecía, intenté gritar, pero no pude. Era como si me hubieran cortado la garganta.

—¡Gary! ¡Gary! —pude gritar de repente, asustada.

Me levanté del suelo. ¿Estuve desmayada? ¿Cuánto tiempo ha pasado? El estómago aún me dolía, pero ya era leve. Maldición, no voy a olvidar ese dolor ¡nunca! Lo juro.

Apenas entré de nuevo al baño, ocurrió un apagón. ¿Fue Gary? En medio de la oscuridad, y un poco mareada, pude coger mi linterna, pero cuando estaba a punto de encenderla pude ver un destello rojo en las ventanas. Me acerqué despacio. Tenía mucho miedo de ver afuera.

La noche ya no era negra, sino roja. Me froté los ojos porque no lo podía creer. ¿Acaso era una invasión alienígena? Vi hacia abajo y en la pista no había transeúntes ni vehículos. Todos parecían haber desaparecido. Me fui a la cocina para verificar los interruptores de la luz, pero estaban encendidos.

El reloj ya marcaba las diez de la noche. Agarré mi celular y traté de escribirle a Gary que me sentía mal, pero, tras pensarlo mejor, decidí no hacerlo.

—¿Quién anda ahí?... Gary, ¿eres tú? —Apunté la linterna hacia la puerta de entrada. Alguien la estaba golpeando.

Me acerqué poco a poco para tratar de averiguar quién estaba detrás. La puerta se destruyó por completo y de ahí entró una entidad muy grande. Su piel estaba arrugada. Era tan alto que parecía que caminaba en cuclillas y no tenía brazos. Tampoco tenía ojos, solo dos orificios grandes en su rostro. ¡¿Alguien se los sacó?! ¡Era un monstruo y trataba de acercarse a mí! Tal vez esto es solo una pesadilla y, si dejo que me atrape con su boca grande, despertaré… O mejor no.

Conseguí esquivar al monstruo y salí de mi departamento. Toqué las puertas de mis vecinos para pedir auxilio, pero no respondían. La criatura salió de mi departamento y se dirigía hacia mí, ahora gritando.

Corrí y me escondí. Todo esto para llegar al departamento de Claudette. Estaba sintiendo mucho frío. Mi cuerpo temblaba. Corrí tanto en los pasillos, que me parecían interminables. Cuando por fin llegué, me puse a golpear su puerta con desesperación. El monstruo se estaba acercando.

—¡Claudette, abre la puerta! ¡Tienes que sacar a Alvin de la cama! —grité.

Me di cuenta de que la puerta no estaba cerrada y la abrí por completo. Cerré y le puse el seguro.

Adentro era una casa vieja. Había muebles de estilo muy *vintage*... Y un cuadro del Santuario del Señor de Muruhuay. No, ya no estaba en casa de Claudette. Estaba muy lejos de Nueva York. Demasiado lejos. Más de ocho horas de distancia.

En el comedor, encontré a una niña sentada, sola, con un plato de avena en la mesa. Tan solo miraba su plato. Estaba muy preocupada. La podía sentir muy bien. Sí, esa niña de trenzas largas de color negro quería llorar, pero se resistía.

Ahora la niña empezó a cantar en quechua, porque su madre le había enseñado muchas canciones en ese idioma. Según ella, eran canciones que calmaban el alma y solo les brindaban paz. Casi siempre cantaban juntas, rodeadas de mucho ichu, contemplando el hermoso paisaje tarmeño.

Aún no empezaba a comer su avena y el reloj marcaba casi las cinco de la tarde. Entonces... entró el hombre desde la puerta de la cocina. La abrió con su hombro y con mucha fuerza, como si estuviera ebrio y molesto a la vez. Dejó su machete en el suelo y se sentó en una silla, preocupado. La niña se quedaba observándolo.

—Papá, ¿dónde has estado a estas horas? —Él no respondió y volteó la mirada hacia otro lado.

Se puso sus lentes de aviador para ocultar la roja tonalidad que ahora tenían sus ojos. Parecía que había llorado bastante.

—Te fuiste sin avisarme... ¿Por qué estás tan preocupado? —volvió a preguntarle.

El hombre seguía callado y se lo notaba un poco desesperado por dentro.

—Papá, ¿por qué tu machete y tus manos están manchadas con sangre? —La niña estaba ahora más asustada.

Su largo abrigo también estaba manchado con algo de sangre.

—...Come tu avena.

—Pero... ya no tengo hambre. —Ella habló con voz temblorosa.

—¡Come tu puta avena!

La niña ya no quería comer. Había perdido el apetito. Ver a su padre molesto y decir malas palabras era lo que más la hacía temblar de miedo. Solía ser muy estricto cuando se enojaba.

En ese momento, ella se levantó de su silla, agarró su plato con avena y se dirigió a la refrigeradora para guardarlo. Evitaba ver a su padre, quien se quedaba mirando el suelo mientras de sus manos caían algunas gotas de sangre.

—¡Te dije que comas tu puta avena! ¡¿Por qué mierda no obedeces?!

—¡Suéltame, me estás lastimando!

El hombre alto le gritaba al tiempo que agarraba el brazo de la pequeña de forma muy violenta. La jaló hasta donde estaba el machete y lo agarró.

—¡Vas a comer todo lo que te doy y no reclames! ¡¿Me escuchaste, carajo?! —hablaba con el machete levantado.

La niña se cubría la cabeza con el otro brazo. Estaba aterrada. Ya no quería seguir comiendo solo avena en las mañanas, tardes y noches. Su madre nunca la había enseñado a cocinar, pues decía que sus hijas aún eran muy pequeñas y que primero debían aprender a lavar la ropa a mano y a alimentar a las gallinas.

El hombre alto pareció reaccionar cuando se dio cuenta de que tenía el machete en alto y, de inmediato, empujó a la niña, quien cayó sentada en el piso. Desde allí pudo ver cómo su padre volvió a salir por la puerta de la cocina, aún con su machete en la mano.

La pequeña observaba desde la ventana cómo su padre se acercaba a dos montones de tierra, se arrodillaba entre ellos con brusquedad y enseguida se ponía a gritar y a llorar.

Viendo esto, ella también empezó a llorar. Notó que la manga de su vestido había quedado manchada con algo de sangre. Ahora, la pequeña corrió al segundo piso, agarró todas las cosas que pudo y se fue corriendo de su casa, llorando y sin mirar atrás por temor a ver a su padre persiguiéndola con el machete ensangrentado en las manos. Pensó que iba a morir de la forma más sádica posible.

Corrió y corrió. Trataba de llegar a un lugar en donde se sintiera segura. Creo que quería ser completamente huérfana.

—¿Brigitte?... ¡Mamá, ya despertó! —avisó Maya. Tenía una taza de té en sus manos. ¿Té chino o té turco?

X. CARNE DE LLAMA

—¡Gregorio Colquicocha Ramos!, ¡¿cómo pudiste desobedecerme?! ¡Ven aquí de inmediato! —le ordenó Rocío a su hijo.

Con un cinturón de cuero, Rocío castigó al pequeño. Gregorio empezó a llorar por el dolor que le dejaron los latigazos. Ataw se acercó al niño para que este lo abrazara y contribuir así a calmar su dolor.

—¡Tú sabes muy bien lo peligroso que es ese hombre y aun así te cruzaste en su camino! —le gritó Rocío, intentando golpear a su hijo otra vez.

Gregorio seguía llorando y abrazaba a Ataw con más fuerza. La llama rozaba su hocico contra la cabeza del niño. Tal vez era su forma de pedirle que respondiera. De modo que Gregorio secó sus lágrimas y se preparó para hablar.

—Ellos gritaron que tuvieras cuidado con el hombre y tú no te moviste. ¡¿Qué mierda tienes en la cabeza?!

—...Él nunca me lastimaría, mami.

Rocío empezó a llorar. Segundos después, abrazó a su hijo.

—Perdóname, mi bebé. Es que tengo mucho miedo de perderte. Aún sufro con la pérdida de tu padre. Perdóname —rogó ella con pesar. Corregir a un niño ya no es fácil.

Su celular vibró. Era Brigitte, quien le pidió que fuera a la casa de Aycha lo más pronto posible. Una tragedia había ocurrido.

—¿Puedo ir contigo? —preguntó Gregorio secándose las lágrimas y acariciando a la llama.

—¿A la casa de Aycha? ¡De ninguna manera, jovencito! ¿Tengo que recordarte que también tienes que alejarte de esa bruja y sus productos del diablo? —preguntó levantando el cinturón.

—No, señora...

Rocío corrió hacia la casa de Aycha, ignorando las miradas de las personas con las que se cruzaba. Los niños corrían aterrados y llorando; algunos abrazaban a sus padres. Afuera de la casa de Aycha, las cortinas se veían cerradas.

—Rocío, mira tú misma lo que acabo de encontrar —la abordó Brigitte, preocupada.

—Hola, Rocío. Mejor respira antes de entrar. —Hablaba el oficial Marcelino.

Ella entró a la tienda y se cubrió la boca. No lo podía creer. Tenía muchas ganas de gritar. Aquello que vio le hizo recordar la masacre de hace muchos años atrás.

—En unos minutos vendrán a llevarse su cuerpo y harán lo que sea necesario para ponerla en un nicho —informó el capitán Alarcón, quien estaba junto a uno de los policías.

—¿En un nicho? ¿Será buena idea poner en el cementerio a esta bruja loca con nuestros seres queridos y buenos de este pueblo? —preguntó Wayra.

—Wayra... —le dijo alarmada su esposa.

—Disculpen, pero pienso que no es buena idea. Ni en el santuario se aceptaría su presencia, ¿no es así, padre?

El sacerdote agachó la cabeza para evitar responderle.

—Padre Gómez, no me di cuenta de que estaba aquí —le dijo Brigitte.

—Bueno, niña, has estado viendo este cadáver todo el tiempo. Ahora te pregunto, ¿para qué viniste tú aquí?

—Yo solo quería que me curara con el poder de los Andes.

—Ay, niña mía, esta bruja no cura; ella embruja y maldice. Mira esta tienda, nada bueno puede venir de aquí... ¿Eso es... un... corazón? —pudo articular Rocío, algo aterrada.

—Eso es un corazón de llama. No es de humano —le respondí.

Solo quería ir a la casa de Aycha para conocer mi futuro. ¿Cuál iba a ser mi destino? Ahora creo que nunca lo sabré, pues ella era la bruja más confiable.

—Por favor, oficial, ¿podría al menos cubrir el cadáver de esta señora? —sugirió Wayra—. ¿Qué pasa si otro niño llega a ver esto? Se va a traumar.

—No tenemos una manta, señor —precisó el capitán Alarcón.

—¿Ni siquiera un costal de papas? —insistió Wayra indignado.

Observaba el cadáver casi mutilado con un machete. En efecto, le habían dado cerca del cuello tantas veces que solo consiguieron partirlo unos centímetros. Siguiendo las manchas de sangre, todo podría indicar que había estado intentando huir de... Máximo.

Estuvimos merodeando por toda la casa de Aycha. Observábamos los artículos muy raros que tenía en casi todos sus estantes, como los órganos de animales puestos en unos frascos. Killari y su marido se sorprendían demasiado y hasta se asustaban un poco.

Cuando Killari nos recogía a mí y a mi hermana del colegio, evitaba pasar por la avenida donde estaba ubicada la casa de Aycha, a pesar de que era el camino más corto. A veces encontrábamos a la bruja en mi colegio, en la hora de salida, ofreciéndoles a los niños alguna clase de embrujos para que les fuera bien en sus promedios escolares. Me parecía una estupidez. También les solía prometer a las niñas un gran futuro en el matrimonio a través de un ritual para conseguir excelentes maridos. Eso sí no me parecía una estupidez pues, en mi experiencia, ya no es fácil encontrar buenos hombres.

La policía trataba de hallar algo sospechoso, pero era una labor muy difícil. Quizás porque todo el contenido de esta casa era raro. Yo solo intentaba buscar una pócima roja como la que bebí aquella vez.

—Pero qué arte más trágico —opinó Marcelino—. Capitán Alarcón, creo que tiene que ver esto.

—Se ve que es muy antiguo —evidenció el capitán—. No me vaya a dar una alergia.

En sus manos, Marcelino estaba viendo el libro antiguo de Aycha, el que tenía la figura de una llama en la portada. Examinaban los dibujos con mucha curiosidad.

No sabía si era lo mejor explicarles lo que significaban. Al final, decidí no hacerlo y fingí sorprenderme un poco mientras miraba los dibujos con Marcelino y los demás.

—Interesante... Tal parece que dibujar era su pasatiempo favorito. Es probable que por causa de la soledad en la que vivía. Bueno, nada sospechoso —concluyó Alarcón.

—Buena observación, capitán —apuntó Marcelino.

Oh, sí. Buena deducción, sin duda alguna. Eso aporta demasiado, ¿verdad? Con eso solucionamos el problema de la hambruna mundial que le espera a nuestros hijos y nietos. Que alguien le dé un premio Nobel, por favor.

—Nunca me imaginé que esta señora tendría cosas tan siniestras en su casa. Estos huesos de animales me dan escalofríos... Y esos órganos dentro de los frascos... Padre Gómez, creo que tenemos que bendecir esta casa. Esta no es la casa de una chamana. Es la casa de una bruja del infierno —intervino Rocío.

—Aycha sí es una chamana. Lo que tú ves es tradicional en este país, ¿verdad? —El capitán Alarcón se dirigía a nosotros. Nadie supo qué responder. Yo solo me quedé mirando al suelo. Tampoco quería responder.

La puerta de entrada se abrió de golpe. Era Nelly.

—¡Santo Niño Jesús de Jerusalén! ¡Nos pegó un susto! —exclamó el capitán Alarcón.

—¿Los asusté? Qué pena. Cuando ocurren estas masacres, trato de ser la primera en llegar a la zona del crimen para atrapar a ese maldito asesino. Ahora Tarma está más aterrada que antes. ¿Ya descubrió que fue Máximo quien mató a la bruja, capitán Alarcón? ¿Por fin se pondrá las pilas y llevará a los policías para arrestarlo? ¿Dejarán de comportarse como unos maricones y actuarán como hombres de verdad para dispararle?

—Señora Alvez, sabe que no podemos usar armas de fuego contra los sospechosos —le recordó Marcelino.

—¡Él no es un sospechoso! Es un asesino y uno muy peligroso, y todo Tarma lo sabe.

—Nelly, es mejor que te calmes. No es un buen momento —intentó sosegar Killari.

—¡¿Cómo mierda quieres que me calme si todo el pueblo se siente embrujado desde que ese hombre mató a mi marido a sangre fría?!

—Señora Alvez, ya le expliqué y...

—No se preocupe, capitán marica, lo entiendo muy bien. Aquí en Tarma y en muchos otros pueblos olvidados del Perú hacemos justicia con nuestras propias manos. Y somos tan fuertes que no nos asusta mancharnos las manos de sangre cuando lo hacemos por los seres que más amamos.

Cuando Nelly estaba a punto de retirarse de la tienda, intervengo.

—Disculpa, Nelly. ¿De casualidad tú visitabas mucho a la señora Aycha?

—¿Y eso a ti qué te importa?

—No me sorprendería que le pagaras por sus rituales.

—¿Y si así fuera, crees que funcionó?

—Pues como me ves, aún sigo con vida... y entera. Y mi cabeza ya está del todo bien. Gracias por insistir.

—Supongo que te salvaste por estar muy lejos de mí. El cadáver de Aycha no se compara con el cadáver de mi marido... Esto no se va a quedar así. Mi marido merece justicia.

Nelly me miró más molesta que antes y se retiró de la tienda. Killari bajó de las escaleras con una sábana en sus manos y cubrió el cadáver con mucho cuidado para no tocar su muy arrugada piel.

—Ay, Aycha, nunca me caíste bien, pero lamento mucho tu muerte —se apiadó Killari—. Espero que encuentres la paz que todos merecemos. Nadie merece morir de esta forma.

El capitán Alarcón, sus oficiales y los otros regresaron a la sala e informaron que ya habían terminado de inspeccionar toda la casa.

—Revisamos todo el segundo piso, pero no hay nada extraño allí. Solo es una habitación con decoración muy étnica y un baño limpio —dijo el capitán.

—Oh, ¿su baño está limpio? —preguntó Wayra.

—Pues claro, es un baño que solo usó una mujer, ¡¿verdad?! —Killari acercó su mirada a los ojos de su marido.

—¿Entonces qué se hará al respecto? —le pregunté a Alarcón.

El capitán se preocupó, pude sentir sus escalofríos. No me dio ninguna respuesta. ¿Qué habría pasado si esto hubiera ocurrido en Nueva York? Quizás Máximo hubiera terminado en una silla eléctrica o hubiera sido inyectado con alguna sustancia rara que solo el gobierno estadounidense conoce.

—Capitán, ¿qué va a suceder ahora con su casa? Aycha siempre ha sido una mujer solitaria —dijo Rocío.

—Resulta que existe un heredero, así que no pueden llevarse nada de aquí —reveló Marcelino.

—¡¿Tiene un hijo?! —preguntamos todos sorprendidos.

—Yo no lo sabía... Creo que nadie lo sabía. ¿Dónde está? —preguntó Rocío.

—Eso no lo sabemos aún, pero pronto lo sabremos —anunció el capitán.

—También encontramos una laptop. Creemos que ahí administraba las ventas de sus productos raros; también hallaremos los mensajes que le enviaba a su hijo —agregó el oficial Marcelino.

—¿Podrán hackear la laptop? ¿Eso no sería ilegal? —quise saber.

—Como existe un heredero, ya no podemos hacerlo. Ahora todo esto le pertenece —me respondió Marcelino.

Eso me dejó algo aliviada.

—Por favor, acepten. He hecho café para todos. —Rocío y Gregorio entregaron tazas de café.

Ya era de noche en Barack O'Llama. Nadie en la cafetería podía quitarse la imagen de la bruja Aycha casi mutilada de la cabeza. Mucho menos con el rostro de horror que tenía. Ni siquiera el sabor y aroma del café podía ayudar.

—Así que Aycha tiene un hijo. ¿Cuándo lo tuvo? Y lo más importante, ¿quién rayos tendría un hijo con esa mujer loca que no tiene ojos? Yo pienso que se ha hecho brujería ella misma para quedar embarazada —conjeturó Otto desde la recepción.

—El rumor ya se ha esparcido por toda la Perla de los Andes —aseveró Wayra—. La gente ya está asustada y empieza a comprar víveres para más días. Es como si estuviéramos en cuarentena otra vez. Qué pesadilla.

—Solo nos queda rezar para que todos volvamos a estar tranquilos como antes —opinó Killari.

—¿Y fingir que todo está bien? ¿Fingir que estamos rodeados solo de flores, sierra y aire muy puro cuando hay un asesino peligroso entre nosotros? ¡Eso jamás! Ya no —les dije a todos poniéndome de pie.

—¿Qué es lo que intentas decir, Brigitte? —dijo Rocío antes de tomar otro sorbo de café y sin mirarme a los ojos. Aún estaba horrorizada con el cadáver.

—Regresaré a mi casa —le respondí con el pecho en alto.

Rocío escupió el café y se atoró un poco. Todos trataron de hacer que entrara en razón, pero era inútil. Estaba decidida.

—Es como si olvidaras el horror en lo que se ha vuelto tu padre. Hablar con él es imposible. Ni siquiera puedes hacerlo tomando una taza de café con él mientras sostiene su horrible machete. La locura lo consumió por completo. Ese hombre perdió la cordura —afirmó Rocío, ya recuperada.

Creo que peores horrores he visto desde que la noche se volvió roja. Además, tenía que intentar hacer algo. Y si está tan loco, la próxima víctima podría ser un inocente que pase por su casa.

—No irás sola, niña. Aquí me tienes para ayudarte —se ofreció Killari—. Máximo nunca intentará atacarte con su machete si me tienes a mi lado... Eso espero.

—Lo siento, pero yo no iré —decidió Wayra.

—No te preocupes, marido, tienes frejoles con arroz y asado en la refrigeradora. Te los calientas en el microondas por un minuto con cuarenta y cinco segundos. Ah, y también hice chicha de jora.

—¡¿Qué?! ¡¿Estás loca?! ¡No dejaré que vayas tú ahí! —exclamó el señor Chipana.

—Entonces, acompáñanos —acució Killari tomando otro sorbo de café—. Tú y Máximo solían beber pisco antes. Eran cercanos antes de... Bueno, ya sabes.

—¿Estás segura, Killari? Te noto tan tranquila —resalté.

—Niña, míranos, para la ciencia Wayra y yo ya somos ancianos. ¿A qué le podríamos tener miedo a nuestra edad? Sin embargo, aún podemos correr muy bien, ya que eso siempre hacíamos desde niños cuando había que atrapar gallinas o escapar de... ciertas cosas. Estamos en nuestra última fase y la muerte ya no nos causa terror. No es así, ¿marido?

El señor Chipana se asombró y tomó otro sorbo de café para evitar responderle. Sus ojos estaban muy abiertos. No podía creer las palabras de su esposa. Esa mujer se había vuelto diferente desde que sus hijos la abandonaron. Aunque, pensándolo mejor, creo que se volvió mucho más fuerte de espíritu.

—Rocío, ¿te apuntas? —preguntó Killari a Rocío.

—¡Pero claro que iré! Mientras seamos más, mejor.

—Y yo... —quiso proponer Gregorio.

—¡No! —interrumpió su madre.

—Bueno, pero no olviden llevar unos *sprays* de primeros auxilios y unas hierbas de color rojo y verde. Ah, y unas ganzúas para abrir puertas cerradas —precisó Gregorio emocionado.

—¿Pero de qué está hablando este niño? —preguntó Wayra.

A veces pienso que Gary y Gregorio hubieran sido buenos amigos. Tienen los mismos gustos en videojuegos.

—Ni sueñes que vendrás con nosotros, jovencito. Ataw y Otto se quedarán aquí contigo para cuidarte.

—Es verdad, yo tengo que cuidarte, mocoso, y no se diga más. No, señor —ratificó Otto al recoger las tazas vacías.

Mientras seguían hablando, Edward se levantó de su silla y se acercó a mí, escondiendo algo en su bolsillo.

—Esther y yo hemos estado hablando y estamos de acuerdo en darte esto.

Era una magnum y tenía seis balas en ella.

—No pienses mal de nosotros. Solo creemos que podría ser de utilidad dada esta situación —agregó Edward.

Ahora Esther se levantó de su silla y se acercó a nosotros.

—Entiendo que se trate de tu padre, pero, si es verdad lo que dicen aquí, debes estar armada —habló sosteniendo mis manos.

—¿Qué les dijeron sobre mi padre? —les pregunté.

—Cosas muy malas... —respondió Esther.

—...Y sanguinarias, macabras y... —completó Edward.

Esther golpeó a Edward con el codo.

—*You may not be American, but you learned the American defense style once you lived in New York.*

—*And that's why you have some America in your blood. You are brave* —alentó Edward.

—Querrá decir Estados Unidos, profesor. Ustedes aún están pisando América. Recuerden que América es un continente —puntualizó Gregorio.

—Cierto, Estados Unidos, sí —admitió Edward, encogiéndose de hombros y acomodándose los lentes. Estaba algo avergonzado.

Los Chipana regresaron a su pequeña y humilde casa. En medio de la noche, Wayra se tomó su primer vaso de pisco observando su pequeño huerto. Sus flores aún no estaban listas. Killari le puso un poncho.

—Como siempre, hace mucho frío. Supongo que querrás tomar otro vaso en un rato. Está bien, puedes terminarte toda la botella si gustas. No me molestaré.

—¿Quieres un poco? —ofreció él.

—No, gracias. Estaré en la sala.

Killari se encontraba en su sala y puso un vinilo de Rafaella Carrá en el tocadiscos. Se acomodó en su sillón y continuó cosiendo unas chompas con la lana de Ataw y escuchaba las canciones en italiano. Gozó esas melodías como si nunca más las volviera a oír. Los cuadros en los que aparecen Adrián y Cecilia ya no estaban donde solían estar.

—¿Qué haces, Wayra? —preguntó Killari.

—Esas flores no van a crecer en una sola noche. Ya no me importan.

Wayra colocó los cuadros de sus hijos de vuelta en su lugar y luego los limpió con las telas de su poncho. Empujó su sillón para posicionarlo junto al de su esposa y se sentó. Se quitó el poncho y lo usó como una sábana para cubrir sus piernas y las de su esposa.

—Sí, son Adrián y Cecilia, nuestros hijos —evocó Wayra.

Killari se sintió un poco triste y disgustada a la vez.

—Pero mira bien esas fotos, son nuestros hijos en sus primeros meses de nacidos. ¿Recuerdas cuando soñábamos bastante con ser padres, pero lo dudábamos?

—Sí. Era algo imposible para mí porque, en ese entonces, era una monja muy fiel a mi deber.

—Exacto, pero tú siempre deseaste vivir esa experiencia de ser madre. De darles de lactar a tus bebés y besarlos. En fin, nos convertimos en padres. Lo hicimos. Te sentías bendecida cada vez que te frotabas el vientre mientras escuchabas al padre Gómez en el Santuario. Fue bonito, ¿no crees?

—Es verdad, pero aún me duele la humillación que viví al no cumplir con mi promesa en la iglesia. Todos esos rechazos de la gente. Aun así, el padre Gómez me apoyó con su propia voluntad.

—Después de tantos malos momentos, disfrutaste bastante tener a esos bebés.

—Sí, y tú disfrutabas tanto llevándolos al colegio y sacándolos a pasear por los campos. Te gustaba enseñarles historias peruanas... Te molestabas cuando no aprendían rápido. Es algo chistoso para mí cada vez que lo recuerdo. A veces tenías ganas de enseñarles con un cinturón en tus manos, pues tu padre a menudo decía que «la letra con sangre entra». Hasta que empezaron a crecer y...

—No... —interrumpió Wayra sosteniendo su mano. Killari dejó de coser.

—Solo quédate con esos hermosos recuerdos de cuando nuestros hijos eran en realidad nuestros hijos. Solo quédate con esos bellos momentos en los que les decíamos cosas hermosas y ellos en nuestros brazos respondían con una sonrisa. Cuando se dejaban tomar de las manos al caminar todos por las avenidas tarmeñas y se dejaban besar antes de dejarlos en el colegio.

—A veces desearía que no todos los niños crecieran. ¿Para qué crecen estos malagradecidos? —concluyó ella.

Se abrazaron y apoyaron sus cabezas entre ellos. No lo hacían porque sintieran frío. El disco de vinilo, todo bien cuidado, aún giraba. Ahora sonaba «Yo no sé vivir sin ti».

Cariño mío
Dos aguas van formando un mismo río
Tu sueño se va haciendo un sueño mío
Y ya no hay diferencia entre tú y yo
Cariño mío, cariño mío...

—¿Wayra, te tomaste toda la botella de pisco?

—No...

—Bien, entonces sírveme un vaso, por favor.

—Quizás lo que debimos haber hecho antes fue organizar otra noche de karaoke en la cafetería... O mejor dicho, quizás la última noche de karaoke.

XI. LA CASA DE MÁXIMO

El reloj marcó las cuatro de la tarde. El vehículo antiguo de Rocío se estacionó y bajamos los seis de él.

—Esta casa sí que necesita ser repintada, ¿no creen? Se ve más vieja de cerca —opinó José.

—Es imposible no observar esta casa al pasar con tu vehículo. La podríamos convertir en una atracción turística. Parece que ya tenemos la próxima casa Matusita —Marcelino se rio solo.

Nos quedamos viendo cómo Marcelino se reía y se avergonzó un poco. Él solo quería animarnos. No lo culpo.

—Ay, cariño, no es momento para tus chistes. ¿Alguien ve a Máximo desde aquí? —dijo Killari dirigiendo su mirada hacia la casa.

Caminamos juntos alrededor de la casa. Lo hacíamos con cuidado, pues José nos advirtió que tal vez podía haber trampas para animales en el suelo y en el montón de ichu. Encontramos un auto rojo, muy destruido, cuyos neumáticos estaban desinflados.

—Mierda, Natalia me va a matar. Espero que le haya puesto seguro a ese vehículo —dije.

—¿Están seguros de que aún quieren entrar? —preguntó Wayra.

Nos dirigimos a la entrada principal y usé mi llave para abrir la puerta. Pensé que mi padre había cambiado la cerradura después de mi última visita... y resultó que era verdad.

—Yo me encargo —aseveró Marcelino—. Con una fuerte patada frontal, consiguió abrir la puerta.

—Bien pensado, mano. Fuerza bruta como última opción, nunca falla —justificó José.

—Hombres... —ironizó Killari.

Una vez dentro, caminamos juntos por casi todo el primer piso. Nunca nos separamos. Sabíamos que no sería una buena idea. Todos hemos visto una película de terror alguna vez.

La decoración de la casa era la misma que la última vez que la visité: todo sucio, empolvado y viejo. Mis acompañantes estaban muy sorprendidos, pero no bajaban la guardia. La sangre que vi la última vez que estuve aquí había desaparecido. ¿Por qué?

—Qué miedo da este lugar —expresó Rocío.

—Y yo que pensaba que la casa de Aycha era más siniestra —opinó Wayra—. Quizás debimos traer unas mascarillas. Aquí huele a mucha antigüedad descuidada.

—Pues no hay rastro de Máximo en este piso y las luces no funcionan. Tal vez se está escondiendo de nosotros. No bajen la guardia —alertó José.

Marcelino pasó a la cocina apuntando con un arma. Vigiló cada zona para después avisarnos que era seguro ingresar. Parecía que algo lo había aterrorizado porque se cubría la boca con la palma de su mano. Ya me lo imaginaba.

—Sí, son otros restos de gallinas, cuyes y otros animales —les dije cuando observaban las ollas.

Se quedaron un poco horrorizados, pero no por los cadáveres de los pobres animalitos, sino por el fétido olor que se esparcía por toda la habitación. Wayra empezó a sentir náuseas. José quería tapar la olla en la que estaban los huesos, pero sentía asco hasta de tocar la tapa.

—Pues sí, debimos haber traído mascarillas. ¿Alguien trajo consigo un perfume? Pero qué descuido con este hombre. A veces pienso que es cierto que un hombre pierde el equilibrio cuando no tiene a una buena mujer a su lado —dijo Rocío.

—¿Lo ves, Wayra? Agradece que tienes a una mujer como yo —bromeó Killari.

—Killari, te siento la más tranquila del grupo —le dije.

—Digamos que tengo algo de experiencia con este tipo de recorridos siniestros —me contestó.

José respiró hondo por la boca para, después, meter sus manos en la olla y rebuscar entre los huesos.

—Este esqueleto no es de una gallina o... esperen. Marcelino, mira esto. ¿Es lo que creo? —José sostenía con dos dedos un esqueleto.

En sus manos tenía una cabeza y en el cuello había un collar con un nombre escrito en él.

—Sí... Ese es Paprika —precisó Marcelino—, el perro del pequeño Paco. Casi siempre me preguntaba por él en la Plaza de Armas.

—Descansa en paz, Paprika —dijo Wayra. Ahora todos estábamos tristes.

—*Okay*, que nadie le hable a Paco sobre esto —propuso Rocío—. Tan simple como que el perro se escapó.

—Sí, se escapó para buscar una mejor vida —condescendió Marcelino para luego reírse un poco.

—No se preocupen. Yo le daré la noticia a Paco —se responsabilizó Killari—, si es que salimos con vida de aquí.

Me di cuenta de que la puerta de entrada de la cocina tenía la cerradura rota. No recuerdo que estuviera así la última vez que estuve ahí. Ya no se podía volver a cerrar.

—José y yo ya revisamos todas las habitaciones del segundo piso y no hay rastro de Máximo —informó Marcelino con su arma en mano.

—Registramos cada habitación y solo encontramos suciedad con muchas otras antigüedades. Y no, no hay señales de tu padre. Parece que no se encuentra en casa.

—¿Y mis cosas? —les pregunté, pero ellos se quedaron callados y se miraron el uno al otro.

¿Qué hizo con ellas? Tuve que ir sola al segundo piso. Al entrar, me llevé la sorpresa de que toda mi antigua habitación estaba hecha un desastre. Mis maletas habían sido forzadas y todas mis cosas lanzadas por todas partes. Mis blusas y mis otras prendas de vestir habían sido cortadas con un machete. Muchas de ellas estaban manchadas con algo de sangre.

—¿Cómo pudiste hacerme algo así? ¿Quién te crees que eres? —me dijo Gary muy triste.

Se hallaba sentado en mi cama, dándome la espalda. Estaba con muchas ganas de llorar.

—¿Qué te da el derecho de tomar esta decisión tú sola? Lo mataste... Él era mi hijo también... —me hablaba aguantando el dolor en su alma.

Yo solo lo miraba, no sentía ni siquiera un gramo de tristeza hacia él. Apenas un poco de congoja que no me afectaba.

—Hubiera deseado que, de alguna forma, murieras tú y no él. Eres una maldita asesina... ¡Las mujeres como tú no deberían nacer jamás! —Gary se rasguñaba la cara con fuerza.

No, no me arderán los ojos. Ya lloré todo lo que tenía que llorar en su momento. Ahora, tus opiniones solo me importan un carajo. Entonces Gary empezó a llorar.

—¿Estás satisfecha con tu vida, niña? —me preguntó la anciana que estaba detrás de mí.

—Aycha... No me sorprende verte aquí.

Ella se sentó en mi cama y se posicionó junto a Gary, quien estaba manchando mi colchón viejo con sus gotas de lágrimas y sangre.

—Mira cómo llora este pobre hombre. Gary es muy bueno y guapo. Un corazón muy noble y sincero. Una lástima que haya conocido a la mujer equivocada. Pero la vida es así, ¿no crees? Errar es de humanos. Eso nos ayuda a madurar más. —Aycha hablaba y a la vez secaba las lágrimas de Gary.

—Lamento mucho tu muerte, Aycha. A pesar de las cosas que hiciste, no merecías morir así. No de esa forma. Nadie lo merece —hablé con toda sinceridad.

—Ellos tenían mucho miedo. Matar los asusta. Es algo muy complicado de hacer. Te debilita los músculos. Entre todos ellos intentaron partirme en dos, pero no lo consiguieron. Al final, les bastó el simple hecho de que dejara de respirar... Hay que aceptar el destino que nos toca —me dijo ella mirando por la ventana.

El cielo ya era naranja. Poco a poco se tornaba rojo. Aycha volteó para mirarme.

—Sí, sangre de llama. El ingrediente esencial para este milagro que consumió todo tu cuerpo. Exprimes su corazón para así extraer todo su jugo. Su sangre es única. Miras la noche y puedes ver la sangre de este bello animal —decía la bruja toda orgullosa.

Gary se levantó y, despacio, se acercó a mí. Yo fui retrocediendo un poco.

—Puka tutam atipanqa. —Ahora Aycha hablaba de pie, aún con la vista hacia la ventana.

—La noche roja ganará, la noche roja gobernará, la noche roja siempre nos acompañará —decía Gary con el rostro lleno de sangre. Seguía acercándose a mí. Di unos pasos hacia atrás y apunté con el arma hacia su frente. Hasta que él empezó a ahorcarme, pensé que no iba a atacarme.

—¡La noche roja ganará, la noche roja gobernará, la noche roja siempre nos acompañará! —repetía mientras intentaba matarme.

Entonces, le disparé en la cabeza. En el suelo, Gary trató de sobrevivir, pero no pudo, pues le di dos disparos más.

Pronto subieron todos y me encontraron sentada junto a una pared de mi habitación. Se miraban unos a otros. Rocío me agarró el hombro.

—Recuerdo con exactitud la última vez que entré a esta habitación —dijo ella muy triste.

Yo también lo recuerdo muy bien. Nos habías comentado las últimas noticias del espectáculo nacional junto con mi madre y mi hermana. Parecíamos cuatro niñas en una pijamada hablando de chicos muy guapos y traviesos. Qué divertido fue, ¿no crees? Bellos momentos que ya no volverán.

—Brigitte, tranquila, mi niña, todo esto lo curará el tiempo. —Rocío me abrazó.

—Han pasado largos años, estas heridas no cierran y nunca lo harán. Son incurables. Estoy atrapada —respondí llorando.

Ella secó mis lágrimas. Volvimos a bajar al primer piso y nos dimos cuenta de que ya no estábamos solos.

—Nelly... —traté de decirle cuando nos acercábamos.

—No den un paso más. Suelta esa arma, oficial bueno para nada. Y tú también, Brigitte —exclamó Nelly. Apuntaba a Marcelino con un arma.

Marcelino y yo obedecimos. La mujer estaba acompañada de sus hijos y hermanos, ubicados a un costado de ella. El hijo con el brazo herido recogió el arma. No teníamos forma de escapar ahora.

—Estás cometiendo un grave error, Nelly. Matarnos no resolverá tus problemas. —Intentaba calmarla con las manos en alto.

—Por cierto, encontré el dedo de uno de tus hijos. Está en la olla de la cocina. Y tú que pensabas que Máximo se lo comió en el desayuno con un pan de *hot dog* —dijo José con las manos arriba.

—¡Silencio! —Nelly apretó el gatillo y la bala impactó en el hombro de José, quien cayó al suelo agarrándose el hombro. De inmediato, Killari lo auxilió rompiendo una parte de su vestido para cubrirle la herida. Su marido también lo asistió.

—¡Maldita seas, Nelly! ¡Tú eres la verdadera bruja! —gritó José.

—Y la próxima vez la bala pasará por tu cráneo, ¡niña de mierda! —lo dijo apuntándome.

—Mira tus manos, están temblando. Estás asustada e insegura —le dijo Rocío.

—La muerte de mi marido no va a quedar en vano. He buscado justicia durante muchos años y no me la quieren dar. Mi esposo era un gran hombre. ¡Un ejemplo! Era nuestra felicidad. ¡Miren a mis hijos! Ahora estamos incompletos... ¡Nada justifica lo que tu padre le hizo! ¡No puedo olvidar el rostro de horror que tenían mis hijos cuando vieron a su padre partido en seis!

—¡Estás bajo arresto, Nelly, maldita! —volvió a gritarle Marcelino.

—¿Dónde está Máximo? ¡Hablen, malditos desgraciados! —exclamaba ella.

Con la ayuda de su familia, Nelly nos llevó a la sala de forma brusca. Nos retuvieron en esa habitación e iniciaron la búsqueda de mi padre. Estuvieron haciendo todo un desmadre. Rompían los jarrones, los cuadros y otros objetos. Estaban destruyéndolo todo. Dejaban el lugar más desordenado y sucio de lo que ya estaba.

—Madre, esta puerta está cerrada. Parece un almacén —advirtió uno de sus hijos.

—Pues, ¡ábrela, inútil de mierda! —ordenó Nelly.

—¡Sé que hay alguien! ¿Estás ahí, Máximo? ¡Sal de ahí, desgraciado, maldito cobarde! —exclamaba el hijo. Pateaba la puerta, pero era inútil. Hasta trataba de forzar la cerradura.

Aunque solo era un cuarto pequeño con algunos víveres de emergencia, recordé que una vez mi padre me contó que en el pueblo de Tarma la gente solía comentar que los terroristas volverían a atacar pueblos y, debido a esto, construiría... ¡un búnker!

Los hermanos de Nelly volvieron a entrar a la casa con unos galones. Después, se ayudaron entre ellos para amarrarnos en la sala.

—¿Ustedes creen que a Máximo le gustaría ver a su hija arder en las llamas? —preguntó Nelly a sus hijos y hermanos. Tenía ya el rostro de una psicópata.

—¡Maldita bruja! —gritó Wayra.

—Has sido tú, ¿no es así, Nelly? —le pregunté.

—¿De qué hablas? —contestó.

En eso dejó de apuntarme con su arma. Sus familiares empezaron a vaciar el contenido de los galones por todos los muebles.

—Tú, tus hijos y hermanos mataron a Aycha.

Los Álvez dejaron de vaciar los galones y Nelly comenzó a reírse.

—¿Tienes pruebas? Hay que ser bien estúpida para pensar que alguien como nosotros haría semejante barbaridad y pecado. Solo Máximo sería capaz de hacer algo tan macabro.

—El deseo y la venganza te permiten hacer las cosas que nunca hubieras imaginado hacer antes —refuté.

—¿Y cómo podrías saber tú que fuimos nosotros los que matamos a Aycha? —respondió.

Inhalo y exhalo aire.

—Porque me lo contó Aycha. Me lo acaba de confirmar arriba en mi habitación.

Los Álvez empezaron a mirarse entre ellos.

—Mierda, tú sí que has fumado mucha hierba neoyorquina, pero de la buena —ironizó Nelly.

Sus familiares me mostraron sus rostros de culpables.

—¡Enciendan las llamas! —ordenó Nelly.

Bastó solo un palillo de fósforo para que toda la casa empezara a incendiarse. El fuego consumía ya todos mis recuerdos. Estábamos acabados. Nelly observaba de cerca nuestros intentos de liberarnos.

—Humberto, diles a todos que enciendan el vehículo, pues nos vamos ahora mismo...

—...Humberto... —repitió Nelly, pero ya el machete había atravesado desde atrás la garganta de su hermano. Trató de decirle a su hermana mayor que corriera, pero no pudo. Máximo retiró su machete y el cuerpo de su otra víctima cayó al suelo boca abajo. Ya no se movía.

—¡Maldito hijo de perra! Humberto, hermano querido... —dijo Nelly con las manos cubriendo su boca.

—¡Rápido, salgan! —les dije a mis amigos.

Conseguimos liberarnos. Sus inútiles hijos, novatos de la delincuencia, no eran buenos amarrando personas.

Rocío no quería dejarme por mi cuenta y no me soltaba las manos. Quería que yo también huyera. Empezó a llorar. La abracé lo más fuerte que pude.

—Diles a todos que siempre serán mi familia, esté donde esté —alcancé a decirle sonriendo. Resistí lo más que pude para no llorar. Rocío, mi segunda madre.

La casa se estaba desplomando poco a poco, de manera que empujé a Rocío hacia la salida principal. Ella consiguió salir, pero yo ya me había quedado atrapada con mi padre, quien sostenía a Nelly del cuello con una sola mano. Pude observar aterrada cómo le atravesó el vientre con su machete. Nelly apenas pudo agarrar el machete para intentar quitárselo, pero fue inútil. Estaba agotando las pocas fuerzas que le quedaban. Había realizado su último aliento.

Luego de lanzar el cadáver de Nelly a un lado, Máximo caminaba hacia mí con lentitud. Tenía la mirada perdida. Lo podía notar en su ojo izquierdo debido a su lente de aviador ya roto. Retrocedí hasta la puerta del almacén, cubriéndome la boca debido al humo que se esparcía. De la puerta, salió una mano que tapó mi boca y me arrastró hacia adentro. Caí por unos escalones.

—¡¿Dónde estamos?! —pregunté a la nada.

—Soy yo, Marcelino, tu héroe. El que siempre estará a tu lado —me respondió.

Estábamos dentro del pequeño búnker, con poca luz. Había muchos estantes vacíos y algunas herramientas de construcción. Lo peor de todo era que, como consecuencia de la caída, tenía la pierna derecha muy lastimada. Al parecer, mi padre se escondía aquí.

—La puerta ya está cerrada. ¡Te dije que estarías a salvo conmigo!

—Marcelino, te dije que salieras. ¡¿Por qué no lo hiciste?!

—Tu pierna está herida. ¡Estás sangrando demasiado! Creo que puedo verte un hueso. Voy a asegurarme.

¡Era mentira! Tan solo era un simple golpe que acaso crearía un fuerte moretón al siguiente día.

Marcelino puso las palmas de sus manos sobre mí. Pude ver su rostro en ese momento y tenía el aspecto de un demente. De repente, me estaba sintiendo acosada y en peligro al mismo tiempo. Trato de quitar sus manos de mí, pero era imposible. Marcelino era muy fuerte. Aquel amigo de la infancia, el que me hacía lindos dibujos, había enloquecido.

«¡Suéltame!», le grité primero, luego le di una fuerte bofetada. En eso, él se detiene y me mira sobándose la mejilla. Estaba ardiendo de cólera.

—¡¿En qué te has convertido?!... ¡Tú no eras así! —le reclamo.

—¿Por qué nunca te fijaste en mí? ¿Por qué me abandonaste?... Pudimos haber tenido un hermoso futuro aquí tú y yo. No tenías que irte... ¡¿Qué mierda tiene Gary que no tenga yo?! ¡Perdiste tu tiempo! El color de tu pelo te hace ver... tan rica —me hablaba y me besaba. Lamía mi cuello y mi rostro a la fuerza.

Marcelino empieza a romper mi blusa. Intento evitar que lo haga, pero él me golpea en la cara. ¡Tenía una oscura y fuerte obsesión hacia mí que nunca pude notar! Qué tonta... Qué descuidada fui.

De pronto, dejó de mover mis brazos y piernas. Cuando volví a ver su rostro, en su cráneo y entre sus ojos ya tenía el machete incrustado. Se puso de pie e intentó llegar a las escaleras para huir, pero no lo conseguía. Fue inevitable recordar las gallinas que, de niña, mi padre decapitaba algunas veces ¡con el fin de entretenerme!

Marcelino levantaba los brazos a la altura de sus hombros como para no perder el equilibrio. Duró varios segundos hasta que cayó al suelo y murió. Máximo se había quedado observando sus últimos pasos. Solo le hundió el machete una vez. Era consciente de que cuando se tiene el cerebro partido a la mitad, poco puedes hacer en tan escaso tiempo.

—Te lo ruego, escúchame. Escucha a tu hija arrepentida... y avergonzada —le digo mientras me rozo los brazos, el cuello y las otras partes que Marcelino me había tocado.

Mi padre no voltea a mirarme. Quizás porque le doy vergüenza o al revés.

—Agarra mi mano, papá, por favor. No tienes que sentirte solo nunca más.

Él ignora mi mano y sostiene el machete para retirarlo del cráneo de Marcelino. Se queda ahí de pie y continúa dándome la espalda.

—Yo nunca te he odiado. Yo no te puedo culpar por cómo me has tratado desde hace muchos años. Has tenido una infancia complicada. Tus padres no te dieron la atención o el amor que necesitabas cuando eras un niño. Yo lo comprendo. Si así ocurrieron esas cosas, ¿por qué te odiaría? ¿Por qué querría yo hacerte sentir peor? Eso solo me haría una persona muy cruel. Discúlpame por no haber sido comprensiva en ese entonces.

Me puse a llorar.

—También he cometido atrocidades... y las estoy pagando día tras día. No eres el único que está sufriendo. Mi madre, Elianora, siempre te decía que odiar nunca es bueno para la salud mental. Siempre te lo recordaba al culminar una reunión en el santuario, después de un beso que tú amabas sentir.

»Mi madre ya no está aquí y hubiera deseado tanto abrazarte el día en que nos enteramos de que murió de tanta tristeza. Quería abrazarte y besar tus mejillas el día en que mi hermana murió de la peor forma, pero tu ira te consumió por completo y lo comprendo. Desde entonces, te convertiste en mi más grande temor. Te quiero bastante, padre. Agarra mi mano. No habrá nada más hermoso que llorar juntos.

Él voltea a mirarme con un rostro triste, pero no suelta el machete aún con la sangre de Marcelino fresca. ¿Qué acción tiene en mente? ¿Quiere cortarme la cabeza, amputarme las extremidades o partir mi cerebro en dos?... De todas formas, ya no me importa. No sé qué trata de decirme su rostro. Lo intenté... de corazón. No podía dejar de llorar.

Con rapidez, se acerca a mí y me empuja de forma violenta. Caigo al suelo y, al levantar la mirada, me doy con la sorpresa de que mi padre tenía encima un montón de la madera, el cemento y el fuego que se esparcía poco a poco.

—¡Papá! —grité impactada. Pero lo que hizo después, me dejó sin palabras.

Lo más que pudo, el hombre estiró su brazo ¡con el fin de que yo agarrara su mano sucia y manchada con sangre! Sostengo su mano con mis dos manos y, entre lágrimas, le ruego perdón. El humo consumía nuestro pequeño espacio.

—Salva tu vida... preciosa niña mía —me dijo aquel hombre tras derramar su primera lágrima.

Mi padre me perdonó. ¡Me perdonó! Y quiere que escape. Quiere verme salir de aquí sin importarle su propia vida.

El humo no me dejaba ver la salida hasta que vi algo muy blanco. Sí, algo estaba brillando como si fuera una señal. Era esa llama con un lazo rojo en el cuello. ¡Era Ataw! Es probable que estuviera ahí observando no desde hace mucho. Me dio una señal de escape.

«Corre por tu vida, Ataw. Gregorio y su familia te necesitan... Y gracias por todo. Diles que los amo. Son una hermosa familia que nunca podré olvidar», le digo con mucha sinceridad. Mi corazón empezaba a latir muy fuerte. Entonces, la hermosa llama se fue.

Con mucho afecto, abrazo la cabeza de mi padre y beso sus mejillas. Los pisos de arriba empezaron a caer con todo su peso. Yo solo quiero estar a tu lado, papá. No quiero dejarte solo nunca más. Siempre me has necesitado y ahora quiero estar a tu lado toda la vida.

XII. LAS FLORES DE LA SIERRA

Una mañana, en Barack O'Llama, Rocío enciende la cafetera, el horno y el tocadiscos de su madre. Se pone el mandil y empieza a limpiar las mesas antes de abrir su local.

—Hermana, hoy te has levantado más temprano de lo usual. Te dije que yo iba a preparar la cafetería —dijo Otto, quien había bajado de las escaleras.

—Gracias, querido hermano —le responde Rocío—, pero sabes que acostumbro hacer las tareas del local cuando ya no puedo dormir más. Supongo que eso lo heredé de mamá.

Acomoda el mantel de una de las mesas y continúa preparando el local. Una canción de Rocío Dúrcal inunda el ambiente.

—Además...

—¿Sí...? —pregunta Otto.

—Hoy es tu último día aquí con nosotros y Gregorio y yo queremos hacerte un rico almuerzo antes de que regreses a Lima. ¿Te gustaría carapulcra o sopa de mote? Quizás... ¿ají de gallina?

—Ah, qué tiernos son ustedes. Siempre tan amorosos. ¿Están seguros de que podrán mantener el negocio ustedes dos solos?

—Daremos lo mejor de nosotros, te lo prometemos. Gregorio es un niño muy inteligente. Por otro lado, tú tienes tus propias metas y una vida allá en Lima. Vívela mientras puedas.

Rocío sostiene las manos de su hermano.

—Otto, muchas gracias por cuidar a Gregorio. Gracias por ser la imagen paternal que él necesita. A veces, ustedes se comportaban como dos niños inmaduros... Más que un tío, Gregorio siempre te ha visto como a su propio padre. —Los ojos de Rocío le empezaban a arder.

—¿Cómo se encuentra Gregorio ahora? ¿Lo escuchaste ayer en la noche? —preguntó Otto.

—¿Él?... Lloró. Incluso se fue llorando al colegio —respondió.

Rocío llora un poco. Su hermano la abraza para consolarla. El celular de Rocío vibra.

—Quizá es José. Seguro que Ataw debe de estar cerca con los suministros. ¿Vamos afuera a revisar? —propuso Rocío.

—Bien, pero antes sécate esas lágrimas, que te estás manchando toda la cara con el rímel. Te hace ver más fea —bromea Otto.

—Ay, qué cruel eres, hermano tonto... Tonto e inmaduro. Como quisiera que padre estuviera aquí para que te golpeara con la correa, como cuando lo hacía después de que te descubriera con tus amigos de la secundaria fumando y bebiendo cerveza en plena Plaza de Armas —rememoró Rocío riéndose y secando sus lágrimas.

Los hermanos salieron abrazados. Ataw aún no había llegado con los suministros en su lomo. Afuera encontraron a los pueblerinos caminando. Todo estaba tan tranquilo y soleado. El calor golpeaba leve en los Andes. Los niños correteaban por los parques como si fuera el último día de clases. No era algo común de ver.

—¿Y ese auto? —se extrañó Rocío.

—Lo compré en Lima. No es la gran cosa, lo sé, pero creí que ya era el momento de botar ese viejo e inservible auto que tienes.

—¡¿Es para mí?! Adentro hay unas cajas. ¿Qué contienen? —Curioseó Rocío su nuevo auto, como si la emoción curara su tristeza de forma mágica.

—Mis pijamas, mis ropas, mis útiles de aseo, mi laptop, mi estéreo, mis álbumes de Metallica y Megadeth... Sí, aún los conservo muy bien.

Rocío se cubría la boca con sus dos manos. Otto abre sus brazos para esperar recibir un fuerte abrazo de su hermana. La familia estará más unida que nunca.

—¿Pensaste que te abandonaría? Pues caíste. Nunca podría ser capaz de irme otra vez. Te prometo no dejarte nunca, hermana tonta.

—No hay hogar como el hogar, hermano tonto.

En medio de un campo, un poco más alejado del pueblo tarmeño, se esconde una pequeña choza muy descuidada. Ahí se encontraba el señor Oqariq, saliendo de su humilde hogar para observar el pueblo desde lo alto, como hace todas las mañanas y tardes.

Mientras miraba a los tarmeños, Oqariq llevaba en sus manos una caja de cigarrillos, pero decide lanzarlos porque no fumará más. Se molesta consigo mismo. Tiene miedo de perder la cordura de un momento a otro.

—Papá... —llamó una mujer desde el otro lado.

Oqariq voltea y por un momento pensó que estaba muriendo. Se asustó al ver que aquella mujer tenía el pelo ondulado y teñido de color castaño. Su atuendo era algo formal, pero en lo que más se fijó de ella fue la sonrisa que llevaba en su rostro. Su hija estaba feliz y eso alegró bastante a su muy anciano y enfermo corazón.

—¡Natalia, eres tú, mi hija hermosa! Tengo miedo... ¡Tengo miedo! —repetía su padre. En medio de lágrimas, estiraba sus brazos hacia adelante, rogándole por un abrazo.

Natalia empieza a llorar de mucha pena y corre hacia su padre para sentirlo y calmarlo. Temió que él se cayera de la silla.

Dentro de la ruinosa choza, Natalia enciende el pequeño horno para prepararle algo a su padre con los pocos ingredientes que había traído consigo. Metía un poco de maíz a la olla y cortaba el queso. El anciano la observaba con mucha paz.

—Como entrada, comeremos esto, tus favoritos.

—Como lo hacía tu madre cada mañana.

—Cada mañana, tarde y noche.

—Y a veces no era la entrada. Era el plato fuerte porque... porque solo nos alcanzaba para eso. —Oqariq se esforzaba por no llorar.

—Papá, no, no empieces a llorar. Quiero verte como estabas hace unos minutos. Nunca me he sentido tan feliz de verte sonreír. Te ves muy guapo de anciano, papá, ¿lo sabías? Sí, mi papá es muy atractivo —enfatizó Natalia. Le acomodó su camisa y secó sus lágrimas.

—A veces pienso que estoy soñando porque este momento que estoy viviendo es en verdad hermoso.

Natalia pone la palma de su mano en la mejilla arrugada de su padre y la acaricia con suavidad.

—¿Vuelves a sentir mi tacto? Sí, papá, esto es real. Vine a quedarme aquí contigo para cuidarte, cocinarte y, lo más importante, para darte todo el amor que necesitas. Estoy aquí para recuperar todo el tiempo perdido. Lo dejaría todo por ti.

—¡No, no tienes que hacer eso por mí! Hice muchas cosas... muchas cosas malas para que salieras adelante. No tienes que...

—¡Hiciste de todo para que pudiéramos comer más que maíz y queso todos los días! Lo hiciste pensando en nosotras. ¡Olvida esas veces que viste derramar sangre! Solo recuerda que diste todo por mí... Ahora es mi turno de ver por ti, papi querido. —Entre lágrimas, Natalia volvió a acariciar las mejillas de su padre.

El horno sonó. La comida estaba lista. Oqariq y su hija gozaron de un delicioso festín. En su mesa había mucha comida aparte del maíz con queso. El viejo en silla de ruedas apenas puede recordar cuándo fue la última vez que comió tanto.

—¡Fue en el cumpleaños número cuarenta y cinco de tu madre! Sí... Fue así, ¿cierto?

—Así es, papá. Lo recordaste. Te felicito.

Él se alegra e intenta rebotar en su silla como si fuera un niño pequeño. Se avergonzó por unos segundos. Natalia se ríe.

—Veo que también disfrutaste este banquete. ¿Te gustó?

—Tienes la misma sazón de tu madre. Que en paz descanse.

—Que en paz descanse. Ahora, tengo algo para ti.

Natalia regresa de su auto con una caja. La coloca en las piernas de su padre y la abre. Dentro había un pastel de chocolate.

—Lo traje de Lima. De mi pastelería favorita. Tu sabor favorito. Es tu premio por comer toda tu comida.

—Lo recordaste —dijo Oqariq al ver el pastel.

—Cuando era niña, me decías que el chantilly era dañino para la salud. Que era veneno —dijo Natalia, y luego se rio.

—¿Natalia?

—¿Sí, padre?

—¿Hoy es mi cumpleaños? —preguntó el pobre anciano.

Natalia se queda sorprendida, pero luego sonríe mientras derrama otra lágrima. Ver a su padre con un rostro muy arrugado y confundido fue la cosa más tierna que vio en su vida. Un rostro que jamás olvidará.

—...No, papá... Tu cumpleaños fue el diez de febrero. En un día de los carnavales de Tarma.

—¿En serio...? Tienes razón. Nunca dudaría de ti... ¡Sí! Recuerdo que estuve en el pueblo durante el carnaval de este año... y que nadie me saludó. Nadie quiso hacerlo... Como siempre, me miraban con desprecio. Así que me alejé porque me hizo sentir muy mal como todos los años...

—Papá, ven a vivir conmigo a Lima —Natalia interrumpió a su padre—. Vamos a vivir juntos. Solos tú y yo. Tengo un departamento con vista al mar. Quiero que veas el mar por primera vez. Recuperemos todo este tiempo perdido... Y durmamos juntos en la misma cama, como solíamos hacerlo con mamá, compartiendo el mismo colchón viejo y donado.

El anciano se quedó en silencio por unos segundos. Sostiene las manos de su hija y rechaza por completo la oferta.

—Aquí nací, aquí crecí... y aquí moriré.

—No, no quiero que te quedes aquí solo. —Natalia escuchaba y se resistía a llorar.

—Aparte de caminar solo en mi silla de ruedas por el pueblo, en las mañanas recibía una gran visita. En mi ventana, una llama solía observarme.

—¿Una llama, papá?

—Sí, una llama con una lana blanca muy hermosa. Tiene un lazo rojo que la hace ver muy chistosa, como si se hubiera escapado de un circo.

Natalia seca sus lágrimas de tristeza y se ríe. Continúa mirando a su padre, que ya no la veía a los ojos.

—Siempre le daba unas hierbas. Se metía a mi casa como Pedro en su casa... Me dejaba acariciarla... Eso me daba mucha paz y tranquilidad.

—¿Una llama puede hacerte sentir tan bien? Me parece ridículo.

—¡Sí, es verdad! Esa llama me hacía sentir muy feliz. Esa llama... era mi único amigo en este pueblo andino. Incluso, a veces, me hace una sonrisa.

—Eso sí ya no lo puedo creer —expresa Natalia con una leve carcajada.

—La llama venía con una mujer, no recuerdo quién era. No sé por qué..., pero de alguna forma ya no sentía hambre ni sed. Hasta me sentía limpio. Un cielo rojo... A menudo veía un cielo rojo. Es todo muy raro.

Natalia lo escuchaba sin dejar de sonreír. De repente, el anciano dio un respiro profundo. Ahora, el anciano vuelve a fijar su mirada en los ojos de su única hija.

—Mi pequeña, dime. Quiero que seas sincera conmigo... ¿Tú me quieres? ¿Tú me quieres mucho? ¿Te sientes muy feliz a mi lado? ¿No te incomodo?

Ella ve que su padre se desespera poco a poco. Siente cómo le aprieta sus suaves manos con la poca fuerza que tiene. Tiene miedo de escuchar su respuesta.

—...Papá, yo no te quiero... Yo te amo. Nunca existirá otro hombre que te supere en mi vida. Eres como un ángel para mí. Cuando tengo frío, siento que tú estarás ahí abrazándome. Eres lo más hermoso que he tenido en mi vida. Mi amor hacia ti es tan fuerte como el frío de los Andes.

El anciano, con una sonrisa y con dolor, derrama una lágrima. Poco después, empieza a mirar el techo. Natalia ya no siente que sus manos sean apretadas.

—¿Papá...? ¡No te mueras! No me dejes, por favor... Aún tenemos que caminar juntos por los campos de los Andes... Tenemos que recolectar más hierbas para esa llama... ¡Tenemos que vivir más tiempo juntos!

Pronto, Natalia comprende que los padres no pueden ser eternos. A todos nos llega la hora. Carga a su padre con todas sus fuerzas para llevarlo a su cama, se acuesta con él y lo abraza como cuando lo hacía de niña.

Un domingo por la mañana, después de la ceremonia en el Santuario del Señor de Muruhuay, el sacerdote Gómez agradece a los Chipana, a los Ramos y a los Taylor por las flores que dejaron en el mural.

—Esperamos verlo en la Plaza de Armas para poder celebrar la Navidad, padre Gómez. —Killari hablaba sosteniendo la mano de su marido.

—La palabra del Señor nunca debe faltar en ese día tan especial —dijo el padre Gómez.

—Vas a vivir tu primera Navidad en Perú, *my baby* —dijo Esther cargando a su bebé.

El sacerdote acaricia a Ataw, que todos los domingos trae las flores cosechadas por Wayra.

—Por cierto, me enteré de que ahora trabajas en el negocio de la textilería. —El sacerdote le hablaba a Otto.

—Es verdad. En San Pedro de Cajas reconocieron mi talento y creatividad con los tapices tejidos. A mis nuevos jefes les gustó un tapiz en especial—dijo él. Cargaba a Gregorio con uno de sus brazos.

—¿Y cuál es el motivo de ese tapiz tejido? —indagó el sacerdote.

—El de una llama con un lazo rojo en el cuello que te mira desde una ventana de una casa muy antigua. Afuera de la casa se puede observar algunas manchas de sangre en las paredes.

El sacerdote se sorprende y voltea para mirar a Ataw, que olfateaba su túnica.

—Es muy original, ¿no crees? Sé que será el más vendido. Los Taylor ya me dieron su aprobación —agregó Otto.

—¿En serio? —preguntó Gómez viendo a los Taylor.

—Sí. En América amamos bastante a las llamas porque son muy tiernas. Y también nos gusta la violencia, como las series policiales ambientadas en Nueva York —respondió Edward mientras hacía cosquillas a las mejillas de su hijo.

—Es Estados Unidos, profesor Taylor —puntualizó Gregorio.

—¿Huh? Ah, es cierto. Estados Unidos —corrigió Edward.

El Santuario se estaba quedando vacío. Todos se despedían para irse a pasar el domingo en familia. Otto jala la correa de Ataw, pero como la llama no cede, él no insiste.

—Parece que Ataw quiere quedarse un rato con los Chipana y con el sacerdote Gómez —dice Gregorio acariciando el rostro de Ataw.

—Entonces dejaremos a esta llama pituca. Regresa pronto, Ataw, o me comeré todas tus hierbas —se burla Otto.

Los Ramos y los Taylor abandonan el santuario.

—¿Y ya está confirmado? —preguntó el sacerdote a Wayra.

—Sí, nuestro vuelo a Estados Unidos ya está confirmado. No entendía cómo comprar boletos en línea, así que le pedí ayuda a Gregorio y a Otto.

—Nueva York… Espero que encuentren a Adrián y a Cecilia. Rezaré mucho para que eso suceda.

—Gracias, padre.

—No iremos por eso —quiso aclarar Killari.

—¿No? Pero… ¿por qué?

—Iremos a buscar a Unay Poma, el hijo de Aycha. El capitán Alarcón nos confirmó que vive en alguna parte de Nueva York —afirmó Killari.

—Unay Poma… —repitió el sacerdote con un pequeño escalofrío en su cuerpo. El viento empezó a soplar más fuerte de repente.

—¿Está bien? —pregunta Wayra con su mano en el hombro del sacerdote.

—Es solo que me sentí extraño cuando escuché ese nombre… O quizás fue el nombre de esa mujer… No lo sé, es extraño.

—¿También lo sintió? Pienso lo mismo. Algo no está bien en esa familia. De hecho, nunca lo ha estado —resaltó Killari.

—¿Es necesario que hagan eso? Miren Tarma. Todo vuelve a estar tranquilo. El verano por fin se vuelve a sentir. Ya todos vivimos en paz.

—Lo entiendo, padre amado, pero resulta que, según el capitán Alarcón, Unay Poma estuvo hace poco aquí en Tarma y se llevó muchos de esos artículos raros y tenebrosos de la casa de su madre. ¿Por qué lo hizo? ¿Para qué se los llevó? ¿Se los llevó a Nueva York? Tengo un mal presentimiento. No podemos quedarnos de brazos cruzados —reiteró Killari.

Los vientos empezaron a soplar cada vez más fuertes. Killari observó el hermoso panorama del pueblo rodeado de flores que la vio nacer y crecer. Ataw se posiciona a su lado.

—No debemos dejar que nos consuma el miedo —Killari habla viendo el rostro de Ataw—. Siempre habrá alguien que nos quiera y nos guíe hacia la esperanza.

La llama mueve sus largas orejas mientras Killari lo acaricia.

XIII. CULTIVOS DE ESPERANZA

En medio de los campos de la sierra, Gregorio corría sosteniendo una correa en sus manos. Estaba muy asustado y desesperado. No había nadie más a su alrededor. Por más que gritara, nadie lo iba a escuchar para asistirlo.

La llama ya no podía correr más. Se sentó toda cansada. Parecía moribunda. Aterrado, Gregorio le pide al animal que resista, que no se muera. La llama trata de mantener su cuello lo más alto que puede. Sin embargo, el dolor hace que su cabeza descanse un poco en el suelo. Gregorio ya no sabía qué hacer. No podía ver morir en medio de tanto ichu a la llama que lo había visto nacer.

—¿Por qué estás llorando? —le preguntó alguien.

—Mi llamita... mi llamita se está muriendo. Ayúdeme —suplicaba Gregorio llorando.

El hombre no podía soportar lo que veía, un niño llorón. Miró el vientre de la llama. A simple vista, notó que el animal respiraba de forma muy acelerada. El viento empezó a soplar más fuerte.

—Niño tonto. ¿Acaso nunca te dijeron que tu llama está preñada? —reveló el hombre, agachado, tocando el vientre del animal.

Gregorio lo escuchaba y secaba sus lágrimas. Seguía muy preocupado por su llama. Continuó llorando.

—¡Ya está pariendo...! —alertó el hombre.

—Quiero ver —dijo Gregorio.

—¡Atrás! Necesito espacio. Algo no anda bien con esta llama.

—Oh, no. ¡Salve a Chanel!

—¿Quién?... No importa... Aquí viene su cría. Se quedó atorada.

—Empuja, Chanel, tú puedes.

El hombre alto tenía mucha fuerza, pero no la utilizó del todo, pues era consciente de que tenía que ser muy delicado en esta situación que lo ameritaba.

—Es una llama con una lana muy blanca... —observó Gregorio, quien estaba de rodillas.

La llama, ahora madre, empieza a moverse como si quisiera escapar.

—No es la única cría. Hay otra en camino.

—¡Imposible! Es muy poco común que una llama tenga más de una cría —afirmó asombrado Gregorio.

—Pues parece que tu llama es única.

La siguiente cría sale de su madre y el hombre la sostiene por un momento. La pone a un lado para volver a ver a la madre, quien aún estaba tiesa de dolor.

—¡Se viene otra! —dijo el hombre más impresionado.

—¡Increíble! —exclamó Gregorio, olvidado ya de que hace un momento se encontraba llorando.

Sin hacer mucho esfuerzo, la tercera llama sale con la ayuda del hombre. Su lana era también muy blanca, como la de sus hermanos. En sus brazos, el hombre sentía que esta llama temblaba, pero las otras no.

—Señor, ¿qué les pasa a las otras llamas? —El niño acariciaba a las otras dos crías.

El hombre no sabía qué responderle. Observando a la llama que tenía en sus brazos, se había olvidado de ver a las otras dos; pero aun así se dio cuenta de que no estaba en sus destinos nacer.

—Lo lamento mucho, niño —dijo el hombre cargando todavía a la llama blanca.

Gregorio se arrodilla y empieza a llorar mientras acaricia a las llamas muertas.

—No es tu culpa, niño.

Gregorio intentaba cargar a las dos llamas bebés muertas, pero le era imposible. Pesaban demasiado para un niño de siete años. El hombre no sabía cómo consolarlo.

—Están muertas. No hay nada más que puedas hacer. Pero mira, esta llama sobrevivió y fue la última en nacer. ¿Eso no te pone un poco feliz?

—Pero su mamá, Chanel, murió... Ella era mi amiga y la quería mucho, mucho... Ahora ya no está. La llama blanca se quedó sin mamá... ¡Es huérfana! —decía Gregorio muy afligido.

El hombre se quedó sin palabras. No sabía qué responderle. Bajó la mirada y vio que la pequeña llama blanca lo contemplaba con ojos de curiosidad. Tal vez solo trataba de ver lo que escondían sus lentes de aviador.

—Dicen que es muy triste ver morir a tus padres. ¿Cómo le explico a mi llamita que su mamá murió? —Gregorio hablaba con toda la tristeza de su corazón.

El hombre deja de observar a la llama, se arrodilla y ve directo al niño.

—Yo creo que lo más triste es considerar a tus padres muertos cuando en verdad están vivos —expresó el hombre.

Gregorio deja de sobarse los ojos y mira al hombre.

—No te preocupes. No pesa tanto. —El desconocido le entrega la llama.

Apenas la llama estuvo en los brazos de Gregorio, se movió con rapidez para caer al suelo y ponerse de nuevo junto al hombre alto.

—Llama tonta, ¿qué haces? Yo no soy tu dueño. ¿Ves eso de ahí? Esa es tu madre y está muerta. Tu único dueño ahora es ese niño de ahí.

Poco a poco, la pequeña llama se aproxima al niño y acerca su hocico a las lágrimas de Gregorio. El viento vuelve a soplar más fuerte.

—No sé qué hacer ahora, señor —dice Gregorio al tiempo que la abraza.

—Yo sí lo sé. Cuida bastante a esa pequeña cría. Cuídala como si fuera tu hermano menor. Protégelo y él te protegerá a ti más adelante.

—¿Protegerlo?

—Sí. Eso es lo que Chanel querría que hicieras por ella. La madre habría dado todo por sus crías... Sé un hombre responsable.

Gregorio soba sus ojos y abraza otra vez a su nueva llama. El hombre voltea para retirarse.

—¡Espere, señor!

Antes de agacharse en medio de un ichu, el hombre voltea para ver al niño.

—¿Qué hago con Chanel y sus crías muertas? —quiso saber Gregorio, muy inquieto.

—¿Por qué te preocupas por ellos? ¿Acaso ya olvidaste que están muertos? Solo déjalos ahí. En unas pocas semanas sus cuerpos se descompondrán por completo. Sus huesos se desgastarán y se integrarán al suelo, formando parte de esta sierra. Además, esa pequeña llama tuya los olvidará por completo. Así es la vida. —El hombre volteó para alejarse.

—Muchas gracias, señor. ¡Eres un héroe! —El niño corrió hacia él.

—¡No te acerques a mí! —Gregorio obedeció enseguida—. ...Ya no soy una buena persona... No para nadie. Si me ves cerca, busca otro camino y ¡no te cruces conmigo! Solo escóndete —finalizó el desconocido.

Pese a sus palabras, Gregorio notó que el hombre alto estaba muy triste. Desacató la orden, se acercó y, sin ningún tipo de miedo, lo abrazó. El hombre no hace nada, se queda quieto mirándolo.

Después de aquel abrazo, el hombre regresa al montón de ichu, se agacha y recoge su machete. La llama corre hacia él, se le pone en frente y olfatea su mano y la sangre de su machete. Acto seguido, regresa junto a Gregorio.

Por último, el hombre abandonó el lugar.

—¿Y ahora qué nombre te pondré? —preguntó Gregorio viendo a su llama.

—Esa llama ha sido muy afortunada en sobrevivir —dijo Killari, quien apareció de repente.

—¿Killari? ¿De dónde saliste? ¿Desde cuándo estabas aquí? —preguntaba Gregorio con sorpresa.

—Desde no hace mucho. Ya escuchaste al hombre, esto no fue culpa de nadie. Recuerda que es muy arriesgado que una llama dé a luz a más de una cría —aseveró ella acariciándole el pelo.

—Es cierto, Chanel no pudo resistir tantos partos. Parece que ha sido una llama muy débil.

—Sin embargo, Ataw será muy diferente. Ataw será muy fuerte. Pero no es que Chanel haya sido débil. Ella dio todo para garantizar la vida a sus hijos, pero a veces el destino es así. Tú eres un niño fuerte, Gregorio. Lo comprendes, ¿cierto?

—Sí... ¿Ataw?... Ese es un bonito nombre. ¡Ya entendí! Este nombre es para él.

La llama comenzó a olfatear las manos de Killari. Ahora quiere que sea ella quien lo acaricie.

—Ya quiero enseñarte lo hermoso que es correr por todos los campos de los Andes. Te daré de comer las hierbas más deliciosas del mundo. Nos vamos a divertir mucho, Ataw. Mi amigo Ataw. Ya quiero que conozcas a mi mamá.

Killari vio a Gregorio correr con Ataw por el campo. A continuación arrancó un poco de ichu para cubrir los cadáveres de Chanel y sus crías, que ya tenían tierra encima. Al terminar, se quedó a mirar el atardecer mientras recordaba los dos bebés que solía criar con tanto amor.

Impresionaba contemplar a Gregorio jugando con la llama, que lo perseguía. Él se reía bastante. Pronto Ataw curó las heridas internas que sufría el niño. A veces, el poder de la amistad sorprende.

«Y espero que siempre ames a tu madre, pequeño Gregorio. Sé muy agradecido con ella. Aquella mujer trabaja muy duro para darte una vida decente. Y trabaja de ese modo porque así es como lo quiere hacer, desde lo más profundo de su corazón. Agradécele siempre y nunca la abandones. Demuéstrale todo tu amor con muchos besos. Bésala todas las veces que puedas... porque más adelante extrañarás mucho ese hermoso sentimiento», se dijo Killari en voz baja, observando a los dos pequeños y grandes amigos.

Les deseo a todos una hermosa vida en familia.

www.ingramcontent.com/pod-product-compliance
Lightning Source LLC
LaVergne TN
LVHW041037150826
845672LV00001B/364

* 9 7 8 6 1 2 5 1 8 4 3 5 1 *